秘 ——THE SECRET—— 密
隐 于 深 白 色

姜丹迪 著

重庆出版集团 重庆出版社

每个人要走的路都是必然的，

谈不上何为弯路，

更谈不上何为死胡同。

007　初　识

014　爱的回忆

026　名人的八卦

032　失　手

042　拉斯维加斯

050　追爱

056　脱衣舞女郎

064　你的明信片

074　卡朋特乐队

082　Nettle & Wild Achillea

096　地窖中的女人

106　名为"生活"的画作

118　卷发女孩

128　病床上的坚强

134　贤妻标配

140　情侣号邮轮

148　醉酒的丽娜

158　听筒里的谎言

166　女人们的小心思

176 蹚鬼市

184 无助的真心

190 奇怪的匿名信

194 跟踪

202 游戏一场

212 妻子的秘密

218 打道回府

224 曲未终 人散尽

234 芥蒂

242 亲子鉴定

250 见不得光的秘密

256 检测报告

260 慈善家的悲哀

272 昨日重现

01

初 识

直到兰芳逃进关丽娜那辆红色双开门宝马，她的心仍旧怦怦乱跳。骤然而降的雨水宣告着北京的夏日正式来临，同样也过滤了一遍兰芳的心。

尽管兰芳和穆泽只见了不到三次面，可他的阳光、率真、善良却一点一点渗透进兰芳的记忆。见到他，仿佛就是回到曾经的学生时代。兰芳已经很多年没有过这种慌乱的感觉，这种感觉自从她结婚起便很少再出现。

"刚才那男的是谁呀？喂喂喂，跟你说话呢！看背影还行，不知道正面怎么样。"关丽娜的前一句是问兰芳的。事实上，她已经问了三遍。而后一句则是自言自语。她喜欢身材棒的男人，对于这一点她毫不避讳。

兰芳理了理头发，不想让关丽娜看到她微微泛红的脸。"没谁，就是一个班的同学。"

"你这次又报了什么班？做蛋糕还是巧克力？"

"这次是做蜡烛，所以才麻烦你来美术馆接我。"

"你可真行。这么大个人了，自己连个车都不会开。"关丽娜和兰芳同岁，她们从上大学起便形影不离。"虽然友文给你创造了不错的物质条件，但你能不能也稍微进步一点？整天和一堆小屁孩混在一起能有什么出息？咱们才二十六，正当年！你随便让友文给你投点钱开个店，不比现在强？再说了，你要真想当个好老婆就赶紧给他生个孩子。说真的，真不知道友文看上你哪一点。"

关丽娜口中的"友文"，是兰芳的丈夫董友文。董友文是她俩的学长，比她们大三岁。董友文和兰芳的相识是在学校的诗歌会，那时董友文即将毕业，而兰芳刚刚入学。

兰芳被董友文的才情吸引，董友文恰巧也喜欢上了她的安静。

兰芳的梦想是成为一个诗人。因为听起来很文艺，文艺中又夹杂些许悲悯。董友文在毕业那天紧紧抱住兰芳，大声对她说："你好好上课，好好追求自己热爱的一切。等你毕业后，我们就结婚。我会养你，会让你过上衣食无忧的生活。到了那时，你便可以毫无顾忌地追求诗和远方。而我，则负责给你提供面包和爱情。"

董友文确实说到做到。毕业后的他从一名默默无闻的小职员，一路杀进私企高管。他为此付出了多少，兰芳并不知晓。他究竟如何在短短几年内成为业内叫得上名的人，更不会让兰芳知道。兰芳能够察觉出董友文总是有意无意地保护着她，这种保护一直延续到现在。兰芳喜欢被他深深地保护着，即便有些封闭有些独自占有，但她还是喜欢，因为婚后的她没有随着年龄的增长而增长——不论外表，还是心灵。

在董友文替她营造的世界中，兰芳始终是那个刚上大一的女学生而已。

兰芳不知如何回答关丽娜的话。她确实有想过去找一份工作，她也想通过自己的双手赚些钱。可友文不让，他总说她生来就应被守护，没必要为了金钱去做自己不想做的事情。所以到了二十六岁这个年纪，兰芳已经彻底打消了外出工作的想法。一是她被圈养得懒惰了，二是她很清楚自己已经丧失了和应届毕业生抢饭碗的竞争力。

至于和友文生个孩子，这也是她曾经考虑过的。她觉得自己可以成为一位好妈妈，可她又实在不想这么早就承担起做母亲的责任。她怕自己照顾不好他们的孩子，毕竟她连照顾好自己的能力都没有。

兰芳清楚，很多曾经的同学都很羡慕她现在所拥有的无拘无束的生活。然而只有她自己清楚，她幸福快乐的背后往往是孤独且自卑的。

"你天天时间这么充裕，没事去上点能认识成功人士的班。别天天跟小学生似的，尽上这种兴趣班。"关丽娜提高嗓门儿，大声叮嘱。"你现在是后半生衣食无忧了，也赶紧帮你姐们儿我找一个靠谱的下家。我要求不高，对方能像董友文对你一半好我就知足了。老娘可不想整天为了生活奔波。虽然有的时候看你真是恨铁不成钢，但说句心里话，还真是希望自己能像你这样无忧无虑地傻快活。"

兰芳没有接话，不是不想接，而是不知道怎么接。她的世界很封闭，没有什么朋友。除了关丽娜和董友文，她甚至找不出第三个可以说话的人。

而关丽娜说完这番话后没一秒，便不自觉地摇头苦笑。其实她也清楚，就算当初董友文娶的不是兰芳，而是她，以关丽娜的性格，婚后也指定不会老老实实宅在家。她一定也像现在这样，整天在外面跑，用有限的人生实现她崇高的理想。说白了，就是想再多赚些钱。只不过假如能有一个有钱的老公和自己捆绑在一起，日后的生活质量应该也会更有保障些。

两个人接下来都沉默不语。关丽娜正在思考等下见到董友文应该怎么向他开口提公司收购的事，而兰芳也不由自主地想起那个名叫穆泽的男人。

其实他还称不上是个男人吧？他才刚刚二十岁，应该也就是个还在上大学的小伙子。可兰芳觉得和他在一起聊天真的好开心。兰芳不确定穆泽喜不喜欢读诗，可喜不喜欢读诗又打什么紧。

说起兰芳和穆泽的相识，就不得不追溯到一周前的那个梦。

梦里的兰芳穿着紫红色的高定西服，她将头发高高盘起，坐在董友文专属的办公桌上。她在给员工训话，几百号员工除了拼命点头附和，甚至都没人敢抬头看她。兰芳女王范儿十足地制订着她根本不了解的商业方针，就连董友文都变成她的下属，不住地在一旁赔笑谄媚。

梦醒后，兰芳半天没能缓过神。她呆呆地盯着天花板，努力捕捉梦中任何一个随时会被遗忘的细节。她好想再睡一觉，好想将这个梦延续下去。

她伸出左手摸了摸，摸到的只是床单而非董友文的身体。这时的兰芳终于清醒，董友文又出差了。

兰芳是幸福的，也是孤独的。她明白梦境终究是反的，却也不得不承认这是她日有所思夜有所梦的产物。她渴望独立，却缺乏底气。

拿起手机，兰芳给董友文发了一条微信。她说她想学点东西，可以创业的那种东西。比如做个微商也行。

董友文回复很快，"创业回头再说，做点喜欢的事情我支持。爱你宝贝儿，马上登机"。

接下来的几天兰芳一直在网上搜索，最终锁定了这家制作蜡烛的短期课程。

兰芳发现来学做蜡烛的人并不多，除了高中生和大学生，也有一些四五十岁的中年女性。在这间租用的美术馆前厅，兰芳见到了不同生活层次的女人。四五十岁那几位一看就是平时在家养尊处优却又想和年轻事物靠拢的阔太太，她们出现在这儿一方面是打发时间，另一方面也想凸显自身品位。

美术馆的设计者根据不同时期的作品风格，将馆内空间大体分为了五大块。如果按照东南西北四个朝向来说，东边是古色古香的中国风，里面不仅有一整套红木家具，就连私人收藏的字画旁也摆放了很大一个黄花梨的五斗橱。再加上茶艺摆件、绿松竹等中国风的元素点缀，使得很多书画家都会提前预订在这间大厅举办个人分享会。

西边大厅主要是哥特式风格。其实来这里的很多人都分不太清西边哥特式和南边巴洛克风格的区别，但很显然那些四十岁上下的女性非常喜欢在这两个厅内留影拍照。反之，那些结伴出行买了团购票的在校女学生，则更喜欢北边大厅的后现代式风格以及美术馆正中心，也就是他们这几天上课的地方——北欧风格的前厅。

不难看出，这些女生多半都是过来给心爱的男生做小礼物的。

发现这一现象的不仅仅有兰芳，自然还有穆泽。当他发觉自己是这堂课上唯一一名男性时，便下意识地坐到了兰芳身边。

"Hi，你好，我叫穆泽。"穆泽伸出右手，礼貌地自我介绍。

对于穆泽的主动接近，兰芳本能地向后缩了缩身。她已经太久没有和男性单独接触了，尤其是看起来比她小这么多的男生。她估摸着眼前这个大男孩应该二十岁左右，说不定来这里学做蜡烛是为了给女朋友一个惊喜。

"我看她们都互相认识，就咱俩单蹦儿。心想一会儿要是老师让组队，我提前坐你边上会好一点。"

"单蹦儿"这词一出，兰芳便认定穆泽肯定是个北京大男孩。

她喜欢北京男孩，因为董友文就是北京男孩。

当然，她和董友文已经称不上是"男孩"和"女孩"，他们已经是男人和女人了。

"咱俩应该一边儿大吧？看你也没化妆，应该比我还小一两岁。"穆泽用他对女生仅有的那点了解，初步判断了一下兰芳的年龄。在他的认知里，大一大二的女生基本上都不化妆，等到了大三大四就开始粉底液、睫毛膏的一通乱抹。面对眼前这个素面朝天的女生，穆泽本能地将她锁定在了十八岁。

他觉得兰芳的眼睛很漂亮，被光线抚摸过的瞳孔呈现浅棕色。当然，她的发型也很减龄。长长的刘海搭配披肩中长发，让面前这个有些忧郁气质的女生又多了几分恬静之美。

"你可真会说话。我肯定比你大。"兰芳彻底被眼前这个大男孩逗笑了。她笑起来时眼睛眯得弯弯的，睫毛翘翘的。

兰芳确实看起来很年轻，一方面她很少出门，不经常使用化妆品，所以皮肤状态很好。另一方面董友文将她保护得太好，自从兰芳和董友文结婚以来，几乎没有体验过为了生存拼搏的艰辛。

所以她的青春定格在了十八岁，正如她大部分时候的心智一般。

"哈哈，我不信，你肯定比我小。不过你要非想过把当小姐姐的瘾，也不是不行。看在咱俩一会儿很有可能一起合作的分上，我就暂且叫你一声小姐姐吧。"穆泽边笑边说，兰芳发现他笑起来的样子可真好看。穆泽笑起来时嘴角右侧会显现出一个看起来不太明显的小酒窝，这一点和董友文如出一辙。

穆泽很能聊，基本上把北京男孩儿那股子贫劲儿展现得淋漓尽致。他从美术馆的布局开始入手，摇身一变成了一个活生生的艺术起源发展史般的百科全书。一节课下来，老师并没有让大家分组协作，可兰芳和穆泽却坐在一起聊了很多。

兰芳觉得穆泽不仅知识面很广，同样也风趣幽默。穆泽向兰芳讲他在学校发生的那些趣事，兰芳听后也给穆泽讲述她曾经的校园生活。直到第一天课程结束，穆泽也始终不愿相信兰芳比他足足大出六岁之多。

当他兴冲冲地向兰芳索要微信号时，兰芳并没有给。

02

爱 的 回 忆

"下车了，大小姐！"兰芳被关丽娜叫醒时，关丽娜已经从外面拉开了副驾驶的门。"你今天是怎么了？魂不守舍的，叫了你半天！"关丽娜催促兰芳赶紧下车，转身便踩着十厘米的恨天高朝大门走去。

"慢一点，你慢一点。"兰芳在后面一路小碎步地追。

关丽娜并没有就此放慢脚步，她刷了门禁卡，直接按下左侧电梯。

董友文当初之所以看上这套房，其中一个原因便在于它的私密性。一层两户，每户有一架直通电梯。与同期在北京建造的其他楼盘相比，董友文觉得这种格局更适合自己。

当电梯门即将关闭时，兰芳总算钻了进去。

"丽娜，你怎么总是这样风风火火的。又不是急着赶时间。"兰芳因为刚刚上车前跑得急了些，左右脚都被新鞋磨破了皮。

"你怎么知道我不赶时间？我和友文一会儿要说的事情关系到两家公司今后的发展，钟董准备收购友文他们公司了。"

"钟董是谁？"兰芳问。

"拜托，我刚才在车上跟你说的你都没听见啊？就是我的东家钟启发啊。"

"噢，好。"

"哎，你呀你。"关丽娜早已放弃对兰芳的说教。她觉得假如一个人能够被拯救，早就自救了。有时关丽娜真觉得像兰芳这种对任何事情都如此麻木的人，实在不配享有如此丰厚的资源。

而兰芳也早已对关丽娜的指责和叹气习以为常。她清楚与其瞎掺和还不如知趣地回避。

"友文，开门。"不等兰芳掏出钥匙，关丽娜已经拍了三下房门。兰芳一直想给关丽娜配一把家门钥匙，可关丽娜始终拒绝。

门从里面拉开，董友文英俊的面庞出现在两个女人面前。就像当年初进诗歌班教室大门时一样，那天率先开门请她们进去的，也是这张帅气的脸。

这些年董友文一直坚持健身，尽管岁月在他脸上留下些许印记，但这更能凸显出成熟男人应有的魅力。他的脸棱角分明。宽阔的额头，高挺的鼻梁。尤其是那双深邃有神的眼睛，不知迷倒了多少女性。可让兰芳念念不忘的，还是他的嘴唇——那双柔软的，与她亲吻时的唇。

想到这儿，兰芳的脑海中突然闪过一个人——穆泽！

此时此刻的她，已经记不起穆泽的长相。可她清楚，刚刚脑海中出现的那个人就是他！

兰芳被自己这个怪诞的念头吓了一跳，她不清楚自己今天是怎么了，怎么总是会想起这个只见过三次面的小男生。

"你别告诉我刚刚你是穿这鞋开的车？"董友文指了指关丽娜的恨天高。

"当然不是，开车的时候穿平底，上来见你才又换上的。"

"这么麻烦？"

"谁让你是男人。"

关丽娜从鞋柜拿出专属她的那双拖鞋,朝厨房走去。

"怎么回事?破了?"董友文见兰芳小心翼翼地将右脚从鞋里抽出,关切地问。

"没事,就是擦破一点皮。"

"让我看看,疼不疼?"董友文蹲身替兰芳检查伤口。

兰芳觉得有时董友文更像是自己的父亲,一个将自己宠溺到极致的父亲。她早已不是那个会为擦破一点皮就哇哇大哭的小女孩,可哪怕她被蚊子叮了一个包董友文都会心疼地将她搂进怀里。

董友文看着地上那双不到3厘米的矮跟尖头黑皮鞋微微蹙眉。"你看看,脚都磨破了。这种鞋不适合你,以后不要再穿了。要穿就穿舒服的,知不知道?"

兰芳下意识地瞄了一眼关丽娜刚刚脱下的恨天高,有些屈辱地点点头。董友文起身回屋给她拿创口贴,而她则听话地等在原地。她很清楚,自打认识董友文,她的生活便无须自理。

"兰芳,冰箱怎么又空了?你不做饭就算了,水果必须买啊。"关丽娜的声音从厨房传来。她说得没错,兰芳什么也没买。

兰芳不是没想过要将家里这个双开门的大冰箱填满,只是友文经常出差,她一个人在家又吃不了多少。时间一久,便什么也不想买。董友文因此总夸赞她会持家、会省钱,但只有兰芳自己清楚,她只是渐渐习惯了一个人生活。

"怎么?你饿了?"董友文从里屋拿着创口贴出来,他一米八五的大高个让人很有安全感。"你要是饿了就叫个外卖。哦,对了。上次你买的那个什么什么果还真挺甜。"

关丽娜几乎每次都会买一些稀奇古怪的东西到兰芳家。按她的话说,好东西就应该和好朋友分享。所以大部分时候,只要是关丽娜来他们家,肯定不会空手来。当然，她来了之后也肯定会在东侧的客房留宿一晚。

"那叫麒麟果。"关丽娜走进客厅，坐在小羊皮沙发上。"今天来得仓促，什么也没买。不过你俩就不知道备点东西招待招待我吗？明知道我要来，连个饮料都不知道准备。"

"喝什么饮料啊，我这有红酒。现在给你开。"董友文替兰芳将创口贴贴好，起身亲了一下她的脸，这才径直走向酒柜从中选出一瓶他认为丽娜会喜欢的红酒坐到关丽娜对面。

"你们先聊，我有点困了，先去洗澡。"不知从何时起，每到这时兰芳总觉得自己是一个多余的人。她明白关丽娜和董友文即将展开一段漫长且重要的对话。这段谈话不仅关乎到他们二人未来的发展，更关系到今后她和友文的生活质量。她插不进嘴，只好借口去睡觉。有时她也会想，如果当初是友文和丽娜结了婚，他们的生活将会是什么样？也许他们每天都能有说不完的话，至少比她和友文在一起时要说的多得多。

"别冲淋浴了，去泡个澡。把脚支在外边，不沾水就不疼了。"董友文温柔地提醒，兰芳听话地答应。

很多时候兰芳觉得董友文的成功是必然的。他总是会换位思考，总是会让对方觉得很舒服、觉得被他照顾得很幸福。不论对谁，他都是这样面面俱到，从学生时期开始他便是这样，尤其是对兰芳。

"哎哟，行了。你俩别老在我面前腻歪了。都这么大个人了，擦破点皮至于吗？等我什么时候结婚了，你俩再在我面前撒狗粮。我都单身这么多年了，你俩可真下得去手，虐我的时间按年增长。"

"就你贫。"兰芳被关丽娜逗笑。"那你俩慢慢聊。"

"晚安宝贝儿，爱你。"

"行了，友文。别酸了！"

关丽娜从包里拿出两份合同，一份递给董友文，一份放在自己腿上。

没等关丽娜开口，兰芳已经自觉地将卧室门关上。她从未想过偷听他们的谈话，因为她清楚在这个世界上除了父母以外只有他们两人最爱她。

她已经很久没有和妈妈联络了，自从她结婚后便更少了。

兰芳摘下淋浴喷头将浴缸冲了冲，随后按下活塞，打开热水。她和董友文已经很久没有做爱了。起初是她不想，总是躲着董友文。董友文询问她原因，兰芳说她觉得做这种事让她觉得自己是在犯罪。

董友文听后总是将她搂进怀里，告诉她他们已经结婚了，夫妻间有性生活是正常的。

每到这时，兰芳都会很认真地问他："我是不是心理有疾病？是不是我这种想法不正常？"

而董友文却抚摸着她的头发，温柔地对她说："你没有病，只是太保守了一些。我们小的时候还没有全面普及性教育的课程，所以你觉得做这种事是错误的、是羞耻的，这么想都是正常的。但夫妻间有些亲密举动也是应该的，你不喜欢这样咱们就慢慢来。等你什么时候想要老公了，老公随时被你欺负。"

董友文说完这些，总会很自觉地将灯关掉。他会装作很随意地打个哈欠，"宝贝儿，我有点困，咱们快睡吧。"

兰芳知道他是为了缓解刚刚的尴尬，于是小声问："你是不是生我气了？"

"怎么会生老婆的气？我老婆是世界上最纯洁的女人，我爱你还来不及！"

时间久了，董友文和兰芳变得相敬如宾。他们不是没有性生活，而是不像同龄人那么频繁而已。可渐渐地，当兰芳开始享受有性生活的感觉时，董友文却因工作越来越忙将这件事搁置了。

有几次兰芳很想学着像电影里那些投怀送抱的女人一样，先给董友文展示一段性感的舞蹈，之后再慢慢褪去睡衣，一步一步向董友文靠近。她会叉开双腿坐在他的大腿上，一面解开他的衬衫衣扣，一面用嘴唇向他挑逗。

可这些想法，只是想法而已。她没有勇气去实施，因为她始终觉得这样做很下贱。

浴缸中的水已经装满三分之一，兰芳轻轻丢进一颗圆形蓝色泡泡浴球。浴球刚一接触到热水，瞬间嘶嘶扩散。白色的泡沫一点一点慢慢叠加，很快越堆越高几乎覆盖住整池水面。没记错的话，这颗浴球和袋子里剩下的其他浴球一样，都是上次她和友文在中国澳门逛街时买的。

其实几年前她去过一次，那是她陪友文出差，第一次去澳门。

为了带她四处转转，董友文特意将回程机票往后订了两天。白天董友文和客户谈事，兰芳就老老实实待在威尼斯人酒店。她没有下楼赌，也没有下去逛。因为她不懂粤语，因为她担心如果出现什么突发状况会让友文担心。

直到送走客户，董友文才全身心地陪兰芳玩了两天。其实也没玩什么，无非就是吃吃饭、逛逛街。

董友文告诉兰芳，来这里一定要吃猪扒包。兰芳问董友文猪扒包是什么，董友文回答，就是类似一种汉堡。

他们手牵着手，像大部分游客一样在人流密集的商业区寻找看似正宗的街边小店。当他们终于走到那家网红猪扒包店时，一路吃下的食物已经将二人肚子全部填饱。

"你还吃得下吗？"兰芳揉着肚子问他。

"好不容易找到，必须吃得下！"

董友文牵着兰芳的手走进那家狭窄的店面。他们要了一个猪扒包，用餐刀一分为二。董友文将带骨头的那半留给自己，将全是肉的那半递给兰芳。

直到兰芳将最后一口面包咽进肚里，她才看到董友文放在桌上的大骨头。

"你怎么不告诉我？你那半是不是都没有多少肉？"

"哈哈，还说自己不能吃。我看你胃口挺好嘛。"

董友文付了钱，牵着兰芳的手走出小店。他问兰芳觉得好吃吗，兰芳回答："吃得太饱了，已经吃不出感觉。"

"大三巴也是一定要看的。"董友文用左手擦了擦兰芳的小嘴。

"大三八？"兰芳吃惊地看着他。

"喏，再走走就能看到了。"

当他们终于走上一层层阶梯，来到大三巴牌坊跟前时，天空开始飘落下小雨。

那天兰芳穿了一条红色连衣裙，她的衣柜里很少有颜色如此鲜艳的衣服。这件是董友文特意为她挑选的。董友文常说，她皮肤白穿什么都好看。

他们让路人帮忙拍了张合照，随后二人一起漫步在细雨里。

兰芳收回思索，试了试水温，将最后一件衣服褪去。她在头脑里尝试了无数种方式，始终无法在不让双脚沾到水的情况下躺进浴缸里。

兰芳突然觉得有些好笑，董友文设计的这款"脚不沾水"的方案竟然出错了。

水有点烫，兰芳右脚伤口破裂处的疼痛感瞬间遍布全身。她咬牙小心躺进水里，独留左脚老老实实翘在外面。

疼痛的感觉，兰芳已经很久没有尝试了。不论身体，还是心灵。自从她认识董友文起，他便没有让她受过伤。

疼痛过后，一阵快感如闪电般袭来。兰芳记不清是在哪本书里看过，书中写道："倘若一直刺激身体上的某一部位，不论让其发痒还是疼痛，只要时间够长，都会令人达到高潮。"

兰芳不由自主地将左脚缓缓放入水中。疼，又是一阵钻心的疼。可她觉得舒服，久违的舒服。

兰芳在脑海中再次浮现出离开前一晚她和友文在酒店翻云覆雨的画面。那天她喝了一些酒，因为那天正好是他们在一起两周年。那时候的董友文只是一个刚刚大学毕业两年的小职员，可他为了庆祝他们的纪念日，几乎花掉了半年的积蓄为兰芳购买往返机票，订他认为最好的酒店。

那是兰芳的初夜，在威尼斯人酒店，穿着那条鲜红色的连衣裙。

当董友文进入她身体的一瞬间，她觉得疼。与其说是疼，不如说是害怕，是羞耻，是罪恶。她还只是个大学生，怎么可以这样堕落。她还没有正式向父母介绍过友文，怎么就能和他睡在一起？无数个抗拒的念头充斥在她心底，然而随着他的爱抚，她最终还是默许了。她需要董友文的爱抚，需要他给她的温热。她爱他，她疯狂地爱着他。这是一种崇拜，一种敬仰，一种高不可攀的迷恋！

"你现在已经是我老婆了！等你一毕业，我们就结婚！"事后他们瘫在床上，董友文一边亲吻兰芳的左脸一边动情地说。

兰芳害羞地别过头，不敢看他。

"好不好？做我老婆好不好？"董友文轻轻扳过她的脸。

半晌，兰芳柔声说出一个"好"。

董友文激动地将她搂入怀中，疯狂亲吻她。他知道，她一定也深爱着他。

咚咚咚……

几下敲门声再次将兰芳拉回现实。

"老婆，你在里面没晕吧？都泡好久了。"自打上次兰芳因为没吃早饭就去泡澡导致低血糖晕倒后，董友文便不敢让她泡太长时间。

"我没事,你进来一下。"兰芳柔声说。

董友文将浴室门推开,见兰芳赤裸着站在浴缸里。

"毛巾不就在旁边吗,还不快擦。"董友文展开浴巾,生怕兰芳着了凉。

"我要你抱我,紧紧抱着我。"兰芳将浴巾推开,一头扎进董友文怀里。

兰芳赤裸的上身紧紧贴着董友文的上身,她胸前的水慢慢浸湿董友文那件灰色衬衫。

"我想'非礼'你了。"兰芳在董友文耳边小声吹气。

董友文听罢浑身一震,尽管他看不到兰芳的表情,可兰芳突如其来的举动让他又惊又喜。

"乖,听话。"董友文将浴巾裹在兰芳身上。"老公也想被你非礼,但丽娜和我说的事情有些棘手。我抓紧时间,早点处理完她那边。然后……然后我就进屋被你非礼,好不好?"

董友文话音刚落,兰芳燥热的心瞬间被打回原形。这是她多年来第一次主动要求和友文亲热,可他却拒绝了。

兰芳站直身体,裹好浴巾。在她将身体从董友文怀中抽离的一瞬,董友文感到胸前一阵冰凉。

"你忙正事要紧。我刚才就是有点想你。"兰芳羞耻地低下头,脸颊涨得通红。

"老公也想你。"

"你快出去吧,丽娜肯定还在等你。"

"好,那你快擦干,别感冒。等我忙完这阵儿,你想怎么非礼就怎么非礼。"

董友文在兰芳脸上狠狠亲了一口,幸福地转身走回客厅。

关丽娜看了一眼董友文湿透的衬衫没有多问,只将手机举到董友文眼前。

"钟董说只要你答应，就可以拿到这个数。"

关丽娜今天来的目的董友文再清楚不过。与其说是钟启发想要收购董友文所在的公司，不如说是钟启发想要借此机会多挖些人。倘若他今天答应关丽娜的提议，钟启发那只老狐狸肯定会给关丽娜一笔数额不小的奖励，而他董友文也可以让自己的事业更上一层楼。目前来看，囊入钟启发名下确实比现在更吃香。

董友文很乐意跟随钟启发这种人工作，可买卖来了哪有这么轻易就成交的道理？他必须多渗关丽娜一会儿，他必须找个适当的理由替自己抬高价码。

董友文故作为难地看向关丽娜，"虽然最近我们确实遇到了一点麻烦，但你说的这个数我们咬咬牙也是可以实现的。如果只是这个数，我感觉两家公司合在一起的意义不大。而且我们老板确实也比较有想法。"

"你先别着急下定论啊。再说给你的好处也不少了。"关丽娜抢先道。

董友文起身走进厨房，倒了杯温水。"我先给兰芳倒杯水，你要不要也喝一杯？"

"不要不要，都这个时候了还喝什么水。"

董友文将温水拿进卧室放在右侧床头柜，此刻兰芳还在浴室吹头发没有出来。董友文坐在床边冷静地理着思路。如果他接受了关丽娜的提议，虽然将来的收入会比现在高很多，但他很有可能又回到几年前那种几乎毫无话语权的处境。可倘若他不接受关丽娜的提议，保不齐下次来敲门的要比钟启发更难对付。

正在他踌躇之际，脑海中突然蹦出一个人！这个人的出现很有可能打破这种僵局！对！没错！就是他——业内巨头潘云富！

03

名人的八卦

Billionaire

I swear the world better prepare

For when I'm a billionaire

—— Travie McCoy & Bruno Mars

潘云富的名头在业内可是顶呱呱。虽说没几个人清楚他的真实年龄，但从他稀疏的发量、凸起的啤酒肚和习惯性夹个公文包的模样，便不难猜出他和钟启发的岁数应该差不多。

钟启发今年六十出头，和潘云富算得上是行业内为数不多的几位可以相互抗衡的竞争对手。但凡他们二人在慈善晚宴或拍卖行相遇，潘云富总是一面用力拍着钟启发的手臂一面声音洪亮地说："你们瞧瞧，老钟保养得就是好！都这把岁数了身材还是这么苗条！不像我，各种血糖高、血脂高、血栓高！"

每到这时，潘云富身边那位比他年纪小了将近两轮的妻子便会更正道："不是血栓高，是血压高。"

潘云富听后，总是哈哈大笑。"哎呀老钟，还是你明智啊，出门从来不带夫人。你再看看我，自从被这个小妖精迷得五迷三道后，去哪儿都想带上她。哎呀呀，简直是 24 小时被她监控啊。不行了，不行了，已经老了，不中用了。按照他们年轻人的话讲，我现在已经成为'妻管严'喽。还是你夫人好啊，你们青梅竹马、两小无猜，一起黑发一起白。不像我，等回头我一嗝儿屁，指不定她拿着我的钱给哪个年轻小伙花去了。"

正当众人不知如何接话时，潘夫人一面掩嘴娇笑，一面当众朝潘云富的胳膊猛捏一把。"说什么呢你，老不正经的。"此举一出，总算缓解了尴尬。

尽管潘夫人现在也已四十上下，可她将自己保养得几乎和十年前一模一样。再次看到这样的画面，钟启发便不由自主地回想起十年前的景象。

十年前潘云富第一次在慈善晚宴上对钟启发说这番话时，钟启发便在回家的路上一直琢磨这段话背后更深一层的含义。他实在搞不懂潘云富是想提前退休，还是想把他家那位小妖精推到台前他好垂帘听政。

说他太谨慎也好，疑心病太重也罢，总之钟启发战战兢兢地度过了一整年。毕竟他一直坚信，自己之所以能走到今天这个位置，完全依靠他几十年的人生准则——凡事都要提前预演。也就是说不论将来会发生什么，基本上都逃不出钟启发提前预演出的至少三种可能性和三种解决方案。按他自己的话说："只有这样，人们才能将犯错的概率降到最低，将损失降到最小。"不过也正因如此，钟启发不得不强迫自己聘请一位保健医师时时关注着他的身体健康。

对于董友文来说，钟启发的条件固然开得不错。但倘若去潘云富那边试试，没准条件能更诱人些。有关钟启发的背景资料，董友文已经从关丽娜那边摸得门儿清。再加上和江湖上传言的版本大体一拼凑，基本上钟启发个人的发家史和家庭内部结构董友文也已经掌握得八九不离十。

和钟启发相比，潘云富这个人则显得神秘得多。大家只知道他是在四十岁那年突然成为行业巨头的，可他前半生的资料却没人说得清。

有传闻道，他曾跟着一位老板在做赌场生意。也有人说，二十多年前有个新加坡大佬给了他几本假护照让他去东南亚做毒品生意。总之这些故事听起来一个比一个离谱，可人们以讹传讹听着倒也图个乐。

在这些故事中董友文觉得最有趣的，应该是几年前在北京一家包子铺无意间听到的。那天董友文邻桌坐着几个光膀子的中年大汉。

其中一人一边吸溜着炒肝儿一边说："潘云富大伙儿都听过吧？你们知道他是谁吗？那可是我邻居！小时候我们两家紧挨着！"

"吹牛吧你，人家现在什么样，你再看看你什么样？"另一人在一旁笑骂。

"嘿，你还别不信。哥们儿绝对不是吹！当年他又黑又胖，名字又叫潘云富，和他一般大的哥哥姐姐都管他叫潘孕妇！那时候他喜欢街边儿第一家还是第二家的一个姑娘。虽然当时我们年纪小不懂这些，但也都瞧着没戏，觉得那姑娘指定看不上他。可你们知道最后怎么着？那小子居然还真把那姑娘拿下了！"

"那后来呢？"其他几人来了兴致。

"后来？后来俩人在被窝里干了什么我们怎么知道？之前我看报上一些记者写，说什么他是因为家里拆迁得了一笔钱才发的家。我跟你们说，纯属扯淡！他们家那房子，早就抵出去了！当时记不清是他家哪个亲戚犯事儿了，一时凑不到钱，他家老爷子一拍桌子，直接把那间房给人家抵了。要不怎么说那帮记者让人给蒙了呢。他们也就是没这命，没遇着我。要是他们命好碰到我，报纸肯定比之前写得精彩得多！"

众人听后，有的感叹、有的质疑，聊了一会儿便结账离开了。

当年在邻桌吃包子的董友文还只是个公司小职员，每月的生活费还吃紧呢，哪有功夫研究潘云富的童年？他只是感叹人红就是是非多，连街边几个无业游民都能号称是潘云富的街坊邻居了。

"喂，你到底想好没有？"关丽娜的声音从卧室门口传来。

董友文将思绪拽回，搓了搓脸对关丽娜说："我再想想，你再给我最后一晚让我好好想想。"

"还有什么好想的？这事都跟你说多久了！"关丽娜显得有些不太高兴。

"你先去睡，明天早上起来我一定给你答复！"董友文说得斩钉截铁。

"这可是你说的。我反正是给你下最后通牒了，明天早上我出门买早点。等我把早餐摆上桌，你必须给我一个满意的答案！"

"好！一言为定！"

就在关丽娜转身时，正好和刚从浴室出来的兰芳打了个照面。

"全世界就你最幸福，天天什么都不用愁，什么都不用想。"关丽娜轻轻捏了一下兰芳的左脸。和上学时一样，兰芳的脸蛋儿还是满满的胶原蛋白。

看着关丽娜的背影，兰芳道了晚安。

(18) 名人的八卦

04

失手

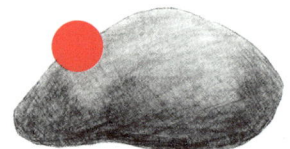

第二天清晨，兰芳是被董友文的一个吻亲醒的。

"你……要走了？"兰芳迷迷糊糊地睁开双眼。

"现在怎么睡得这么轻？我只是亲了一下你的小脑门儿。"

"你出几天差？几号回来？"兰芳揉了揉眼，起身下床。

"现在还没定，至少也要待5天。"董友文紧随兰芳进了卫生间，一边打着领带一边说，"你要是一个人怕寂寞，就让丽娜过来陪你。"

兰芳提上裤子，按下马桶按钮。"你又不是不知道，她只是和你谈事的时候才会过来住。"

"她呀，就是太要强，不然早就把自己嫁出去了。她要是不过来陪你也行，反正你最近不也上着课嘛，等你学得差不多了，老公也就回来了。"

兰芳随友文来到客厅，见关丽娜正在收拾餐桌。

"没给你买，知道你爱睡懒觉。"关丽娜见兰芳出来了，算是和她道了早安。

"你们昨天谈的结果如何？"兰芳尝试着让自己尽量多关心一下他们的事业。

关丽娜没有说话，只是双手一摊、撇了撇嘴。

"好了，宝贝儿，老公走了。一会儿你俩再好好睡个回笼觉。"董友文和兰芳抱了抱，拖着拉杆箱便出发了。

关丽娜将外卖盒收拾好，在厨房洗了手。"我一会儿收拾一下就去公司了。你几点的课？我尽量早点完事回来送你。"

"不用了，我自己打车就行。"

"行了，你就说几点钟吧。"关丽娜的声音从厕所传出，她又刷了一遍牙，并在嘴唇上涂了一层迪奥999。

一般情况下，很少有女生能真正驾驭得了正红色的口红，尤其是像迪奥999这种太过博人眼球的妆感。可关丽娜涂上它却显得毫不做作尤为性感。尤其当她将蕾丝胸衣和纯白色衬衫搭配在一起时，她那一头及腰大波浪卷总会有几缕任性地挡在胸前，让人忍不住想透过它们多看几眼更深层的、若隐若现露出来的蕾丝边。

公司里有不少女人认为，关丽娜之所以在冬天也尽可能穿黑丝的缘故在于她想尽可能去取悦钟启发。毕竟董事长和女秘书之间的故事是大家最愿意相信的。可事实却是，关丽娜从未对钟启发做过任何试探性或出格的举动，在钟启发身边工作，关丽娜一心只想着工作。

原因很简单，钟启发是个极其谨慎的男人。他不可能允许自己因美色误了大事，所以这种性勾引既没必要也无须向钟启发开启。

相比较钟启发的克制，财务总监、市场总监、销售总监、技术总监以及人力资源总监等男性荷尔蒙相对密集的部门，则是关丽娜进出最频繁的区域。

她很清楚一个公司的运营是与各部门之间的协作紧密结合的。想要在公司吃得开，必须将各部门高层一一拿下。关丽娜为此出卖过自己的肉体，可她觉得这一切都还算值。

关丽娜走后，兰芳靠在床头打开微信。昨晚她之所以慌乱逃离美术馆，顶着大雨钻进关丽娜的车，最最重要的原因在于——她将穆泽烫伤了！

第三天的蜡烛课，老师将大家分为两两一组。这样的分组结构，并非是让两人合伙同做一支蜡烛，而是因为器材数量有限，电磁炉和熔化蜡液的容器需要大家共同使用。

兰芳和穆泽的编号分别为7号和8号。老师将大家按编号区分，主要还是为了保护那几位四十多岁女性的隐私。那几位中年女性，看起来家底都很殷实，指不定是哪些不愿透露家世的正牌人妻。除非是大伙儿有意私下相互添加通信方式，在课堂上老师总是礼貌地唤着不同数字。

兰芳和穆泽分到同一小组时，她和他都不惊讶。但令兰芳感到心跳加速的原因在于她不太敢看穆泽笑。穆泽笑起来时真的和董友文很像，兰芳很喜欢见董友文笑，自大学时期就很喜欢。每当看他笑，兰芳总忍不住想要伸手触摸他那含蓄的小酒窝。

自从第一天见到穆泽，兰芳就感觉这是冥冥之中上天的一种安排。因为友文总是很忙、因为友文再也没有精力与她探讨诗和远方，以至于凭空蹦出来的穆泽让她忍不住有些遐想。

穆泽和董友文实在长得太像了。这种相像并非指五官拼凑在一起时那种双胞胎的相像，这种像更像是一种气质上的相似。说得再直观一些，现在的穆泽很像大学时期的董友文。阳光、帅气、风趣、幽默，又不失文艺。

兰芳入校时董友文已经在上大四，他们在一起相处的校园时光并不算多，这也是兰芳一直觉得有所遗憾的。穆泽的出现，从某种意义上讲正好填补了兰芳和董友文在大学时期的空缺。短短两天的相处时光，让兰芳隐约觉得和她一同做蜡烛的是友文而非这个只见过几次面的陌生人。

她很想和他牵手，很想和他同喝一杯果汁。可每当她想再靠近他一些时，理智便会告诉她身边这个人不是友文，而是一个比自己小了整整六岁的大学生。这种感觉让兰芳觉得失落，甚至压抑。

女人的心思有时连她自己都捉摸不透，她们总喜欢把这种莫名其妙的想法称之为"心动的感觉"。正当兰芳想努力让自己清醒时，一声闷哼和一声尖叫同时在她身边响起。

闷哼声来自穆泽，尖叫声来自坐在他们对面的一位戴翡翠项链的女人。

"你这丫头怎么这么不小心啊，老师都说了蜡液很烫的，你怎么不看准就往下倒啊！"戴翡翠项链的女人焦急地从桌侧绕到穆泽面前。二话不说，拽着他就往卫生间走。一边走还一边叮嘱："千万别用纸巾擦，不然纸巾粘在蜡液上就不好揭掉了！先赶紧在衣服上快速抹一下，一会儿使劲用凉水冲，至少要冲五分钟！"

兰芳慌乱地放下手中容器，一路小跑追到卫生间。她顾不上向穆泽道歉，两眼直愣愣地盯着他的手指。

残留在穆泽手上的那些没被擦拭干净的蜡液已经逐渐凝固成一层白色，穆泽想将它们从手上剥落，无奈蜡液已和皮肤黏合。说不疼是假的，可穆泽一直咬牙硬挺着。

与此同时，戴翡翠项链的女人也已将水龙头打开。尽管穆泽的手指应该还没有破皮，可等到他将纯白色的蜡膜一点一点揭掉后，发现整个小拇指已经变得通红。

"对……对不起。"兰芳不知所措地看着穆泽的右手，急得快要哭出来。

"说对不起有什么用！"戴翡翠项链的女人咄咄逼人。"我儿子也找了个和你差不多的女朋友，笨手笨脚的什么都不会！整天就知道装出一副唯唯诺诺的样子!像你这种连倒个蜡液都倒不准的人,以后怎么可能照顾好老公和小孩?!幸好今天制作的这款蜡烛烧热的温度不算太高,不然他的手可就全废了!"

女人一脸厌恶地瞪着兰芳,与其说她正在指责兰芳,不如说她只是想借此发泄一下她对自家准儿媳的不满。

可这些话听在兰芳心里却句句诛心。现实中的她就像女人刚刚说的那样,什么事都做不好,什么事都需要友文操心。她不是一个好老婆,将来或许也不会成为一位合格的母亲。

"没事的,阿姨,其实一点都不疼。"穆泽友善地冲兰芳笑了笑,试图让她不要太往心里去。

"还说没事!要不是温度不是太高,外加过来冲水的时间相对及时……哎,算了,你们年轻人啊,不尝点苦头根本不知道两个人在一起究竟有多不合适!"

女人误将兰芳和穆泽看成是一对小情侣,对此二人都没有刻意解释。戴项链的女人又向穆泽叮嘱了几句回家后记得搽碘酒和某某品牌的药膏之类的话,这才边摇头边走去前厅。

女人一走,卫生间就只剩下穆泽和兰芳两个人。

"对不起,我不是故意的。"兰芳将头压得很低。

"真没事儿,你看,好着呢。"穆泽边说边忍痛动起小指头。"你瞧,多灵活。"

"要不……我们去医院看看吧。"兰芳依旧有些不放心。

"不用去医院,这点小事儿犯不着闹出那么大的动静。"穆泽见兰芳依旧神情紧张,语气柔和地说,"你要是实在觉得过意不去,干脆请我吃顿饭?我估计等我吃完饭,小指头就不红了。"

兰芳正愁找不到补救的办法，听穆泽这样一说，连忙说了三声"好"。

"不过今天不行，今天晚上我要回去好好准备准备，因为明天是我爸妈的结婚纪念日。"穆泽拿出手机，在兰芳眼前晃了晃。"要不咱俩先加个微信？回头吃饭的话咱们约着也方便。"

兰芳这次没有像初次见面时那般拒绝穆泽，她赶忙从上衣兜里拿出手机，与穆泽互加了微信。

丽娜和友文走后，兰芳终于有机会做点自己想做的事。她翻看着朋友圈，刷到了穆泽在五分钟前发上去的照片。

这是一张自拍照。穆泽拿着手机，他身后的两人应该是他的父母。他们三人面对着镜头，笑得都很开心。兰芳注意到穆泽母亲手里拿着什么东西，放大一看，果然是昨天穆泽在小指烫伤后还坚持做完的那款蜡烛。

穆泽拍摄这张照片的地点是在西城区的一户居民楼。房屋建筑面积不算太大，不过对于一家三口来说也足够住了。

穆泽的母亲是在三十八岁那年生下穆泽的，这在当年已经算是高龄产妇。穆门生至今仍能清楚地记得，当年医生郑重询问他倘若生产时出现突发状况，他们是决定保大人还是保孩子。穆门生想都没想，斩钉截铁地答："保大人！一定要保住大人！"

"如果保大人，你爱人很有可能再也无法生育。"医生提醒道。

"那也要先保大人！"

焦急地等待后，随着"哇"地一声婴儿啼哭，穆门生看到了护士的笑脸、听到了医生那句"母子平安"的祝福。他那颗悬着的心，总算是落了地。他爱穆泽的母亲，爱她爱得深切。尽管她先前有过一段婚史，可他不在乎。

"老来得子"的喜悦至今仍萦绕在这个并不算太富裕的三口之家。尽管生活中有些磕碰拌嘴，但基本上穆泽这 20 年的生长环境都充斥着爱与关怀。

"爸，妈。出来吃饭了。"穆泽将最后一份煎鸡蛋从平底锅盛起，朝里屋喊了一声。

穆爸穆妈先后从屋内出来。当他们看到餐桌上如此丰盛的早餐时，先是一愣，随即对儿子说："瞧你忙活的，又是面条又是鸡蛋，还有个小蛋糕。这大早上的，怎么吃得完。"

夫妻二人虽嘴上这么说，可心里却是美滋滋的。

"今天是你们的结婚纪念日，当然要做得稍微丰盛点儿。"

"都这么大岁数了，还有什么纪念不纪念的。"穆妈妈话虽如此，脸上早已笑开了花。

"儿子懂事，那我就多吃一点！"穆门生也笑呵呵地拉出椅子坐了下来。

"你们等会儿再吃，还有小礼物呢。"穆泽说着从身后拿出一个小礼盒。穆妈妈接过盒子，小心翼翼地抽开蝴蝶结，从里面拿出一支蜡烛。

这支蜡烛可不是商场里卖的那种批量生产的蜡烛，这是穆泽在课堂上亲手为父母制作的独一无二的礼物。蜡烛呈圆柱体状，高约 10 厘米，直径约 5 厘米。周身呈渐变色，最底部是酒红，往上逐渐变成奶白，最上面三分之一处呈现出不规则的珊瑚般的镂空花纹。这些花纹的颜色分别为酒红、珊瑚红、奶白三色交错而成。最顶端的中心部分穆泽还用白色线绳打了一个漂亮的结，如此细微的设计更能凸显这支蜡烛的精致程度。

"这也太漂亮了吧！"穆妈欣喜地称赞。

"怎么样？你儿子还是挺有这方面天赋的吧？"穆泽看着妈妈自豪地笑。"我都想好了，等毕业之后我就准备开一家做蜡烛的小店。尽管成本要比批量生产的工厂货高出不少，可纯手工蜡烛主要讲究的是工艺。虽说想要做出好看的蜡烛也比较费工夫,但花点时间在自己喜欢的事情上也很值得。更何况它们不仅好看,而且点燃后也很好闻。算是很实用的观赏品!"

"好,只要你看准了,爸妈都支持你。"夫妻二人的存款虽不是很多,但只要是在能力范围内,穆门生和妻子对儿子的投资向来不曾犹豫。

"现在还不急着开店,等我把这些全学下来再说。就比如这款镂空的,每做出一支都是独一无二的孤品。所以它们不仅仅是蜡烛,更是一件艺术品。再说现在好多人都不知道送礼送什么,像这种定价不算太高,看上去又有新意又很别致且能营造浪漫氛围的产品,将来一定大有发展趋势!"穆泽滔滔不绝地向父母讲述自己对于未来充满着无穷信心。穆爸、穆妈听完,也觉得儿子说得颇有道理。

穆泽又和父母聊了一会儿,拿出手机拍了一张一家三口的自拍照。他喜欢以这种方式记录一家人在一起的点点滴滴,照片中穆妈穿着她最喜欢的那件墨绿色的短袖上衣,手里拿着儿子送给他们夫妻二人的那款以酒红色为主色调的蜡烛。身旁的穆门生穿着一件浅灰色的纯棉体恤,慈祥地拿着筷子笑。而照片最前面的穆泽则竖起大拇指,比了一个"好棒"的手势。

兰芳很想在穆泽这张照片下面点个赞,可她刚要准备触碰屏幕的手却又下意识地缩了回来。

她和他并不是很熟,准确地说是根本不熟。她不应该这么轻浮地随便给一个刚加上微信的人点赞,更何况她还将这个人烫伤了。

她想要给他发一条信息询问他右手小指有没有好一些,但转念一想口头上的关心又有什么意义?想到这儿,兰芳起身换衣出门,她准备下楼给穆泽买些药膏,以便下午上课时直接塞到他手里。

077　失手

05

拉斯维加斯

拉斯维加斯赌场大道绝对配得上人们对它的称赞。虽说这是一座名副其实的"赌城"，但很多慕名而来的游客却并非想要一"赌"它的风采。

　　拉斯维加斯可以算得上是女人们的购物天堂，几乎每个大型酒店楼下都入驻了各大品牌店面。但凡全球叫得上名号的奢侈品店，几乎都会出现在拉斯维加斯这座城市中。除此之外，不同酒店也有最令它们引以为傲的"Show"。例如 Wynn 常年保留下来的经典之作 *Le Reve The Dream* 就是一场以讲述女人之梦为主题的大型水秀。圆形剧场中间是一个水池舞台，表演人员将频繁地以各种高难度动作跃入水中，向观众展现出别样的视觉享受。除此之外，MGM 酒店中有太阳剧团表演的功夫秀，这也是最受人们欢迎的表演之一。这些大型表演之所以可以给观众带来巨大的震撼，不仅仅在于表演的编排和演出人员的自身实力。现场的整个布置、灯效的配合，以及乐队和至少一名歌唱家的同步应景演唱，均让在座的观众有身临其境之感。这些演出不仅仅是一场又一场的视觉盛宴，更是听觉和触觉（有些节目会随着剧情需要，将水池中央的水洒向前排观众）上的多重体验。所以这也是拉斯维加斯各大酒店常年屹立不倒的一个重要原因。

当然了，倘若人们想看一些十八禁的表演也不是不行。只要人们出示带有年龄标示的有效证件，类似湿身秀、脱衣舞秀等等夹杂色情意味的演出也可以让很多男男女女一饱眼福。

除了这些多人表演的剧目外，一些仅有一人的演出项目也是呼声极高的。比如泰坦尼克号主题曲的演唱者席琳·迪翁，就常年在拉斯维加斯举办个人演唱会。而被誉为世界魔术大师的David Copperfield亲自表演的魔术，更是频频让现场观众惊叫出声。David最有名的魔术正是大众所熟知的，在室内舞台众目睽睽之下，将一整台车和一整群人瞬间变没的惊人魔术。

所以不论男女老少，但凡来到拉斯维加斯，总会找到最适合自己的一项娱乐活动。更不必说人们在这里还可以轻而易举就品尝到米其林星级餐厅的美味佳肴。

但饶是如此，以上这些都不足以令潘云富心仪。真正让他舍不得离开此地的原因只有一个字——赌！

潘云富可以称得上是一位名副其实的"赌徒"。就算他在人声嘈杂的赌场大厅玩着10美金起步的百家乐，也仍旧500、1000地频繁下注。他喜欢这种感觉，更享受这种感觉。从创业到选择女人，他的人生充满赌性。

倘若再往前追溯十几二十年，他和他那位美艳娇妻正是在拉斯维加斯相遇的。虽说那时的拉斯维加斯没有现在繁华，但在当年也足以令世人震惊。潘云富的现任妻子姓付，英文名叫Sally，8岁那年随母亲改嫁到美国。她在美国接受了极为开放的生活方式，以至于她骨子里热爱自由、行为大胆。可她又偏偏摊上了一个相对传统的母亲，当然这里的"传统"指的并不是抛弃国内的丈夫，为了一本美国护照嫁给老外的故事。这里所指的"传统"是Sally妈在对待金钱的看法与渴望上尤为老派。她希望自己的女儿将来嫁给一个有钱有势的男人，而非一文不值的爱情。

于是在 Sally 大二那年，她便在母亲的动员下来到拉斯维加斯某酒店从事给赌客提供酒水的工作。想要完成好这项工作不仅仅是端着酒水托盘在赌场内四处走动这么简单。她一定要将自己打扮得更加"脱颖而出"，这样才会创造更多机会引得赌桌上和老虎机旁那些专注到不能再专注的有钱人的注意。所以她穿得极少，并用香水将自己喷得极香。

那年正巧是潘云富第一次来到美国拉斯维加斯。那时的他需要散心，不单单是缓解工作压力，更是为了在异国他乡体验昔日的床笫之欢。毕竟，他和他家那位保守的妻子早已没有激情。

当 Sally 挺着雪白的胸脯，为潘云富递上一杯又一杯鸡尾酒后，潘云富彻底沦陷了。他终于为了 Sally 离开了那个他已经作战长达 5 个小时的赌桌。

丢下托盘，她随他去了他在楼上的套房。他们在电梯里疯狂亲吻，Sally 不再担心自己被经理看到后会有被解雇的风险，因为她已经感受到了这个中年男人对她不受控制的渴望与沉迷。

一阵云雨过后，潘云富对 Sally 说："你中文说得这么好，英文又顶呱呱。在这儿给人送水挣小费可真是太屈才了。"

"那不然呢？你养我啊？"Sally 半张着樱桃小嘴，又缓缓向潘云富蹭来。

"这有什么难的？只要你愿意跟我走，我就愿意养。"

"可我还有妈妈呢。我要是跟你走了，她自己在这边连房租都付不起。"Sally 突然有些惆怅，将被子往上提了提。

"你跟了我，你妈还用得着租房吗？说吧，看上哪儿的房子了？我买给你！"潘云富的兴致只要一上来，便一发不可收拾。他并不像钟启发那般理智，尽管他也思考过为了一夜风流付出如此大的金钱是否值当。不过即便他有这种顾虑也是转瞬即逝，因为他赌自己能掌控得了面前这个乳臭未干的小丫头，因为他赌自己将来赚到的钱是现在的十倍、百倍乃至千倍！

于是 Sally 辞掉工作，和潘云富形影不离。每晚他们都会在酒店房间玩出不一样的花样，这些招式是潘云富从前想都不敢想的。正因如此，他对这个半路杀出的小妖精的迷恋程度日益加剧。这不仅仅是一个中年男人的兽性爆发，更是对以往十多年枯燥乏味的婚姻生活最猛烈的反击。

尽管他深知自己对不住远在北京的妻子，可欲望让他无法收手。他渴望 Sally 带给他更多不一样的体验，这种体验不仅仅在床上，还包括眼界。

例如 Sally 带潘云富前往纽约，那是潘云富第一次踏足纽约。二十年前的纽约和北京相比真可谓天差地别。一栋栋拔地而起的高楼，让潘云富眼花缭乱。他不是没在新加坡住过，可在 Sally 绘声绘色的介绍下，潘云富意识到如果不在纽约买几套房子，都对不起他辛辛苦苦赚来的钱！

他就这样一掷千金地拿下三套房，权当是一种投资。其中一套写了 Sally 的名，便于她和她母亲居住，另外两套只登记了他自己。潘云富不了解美国房地产的行情，不过他清楚在这种寸土寸金的大都市，以这种价格拿下三套房一定非常保值！

在交钥匙的当天，他们又在纽约的新家好一阵翻云覆雨。从厨房到浴缸再到床上，与其说是潘云富找到了久违的爱情，不如说是 Sally 的出现满足了他即将干枯的性欲。他不爱她，可他喜欢她出现后的自己。

几个月后，潘云富在北京家中接到 Sally 打来的越洋电话。Sally 在电话里告知自己意外怀孕的消息，潘云富听后喜极而泣。

那一夜，潘云富独自坐在客厅抽了一整宿的烟。第二天一早，他和妻子摊牌，二人随后办理了离婚手续。

他并不是不念旧情，他只是太希望能够拥有一个自己的孩子。尽管他不爱 Sally，可她终究让他老来得子。

女儿的出生让潘云富暂且克制了对 Sally 在床上的迷恋。他很清楚自己需要在有生之年尽可能多地再多创造些财富，这次不再为了他自己，而是为了他的宝贝闺女。

渐渐地，Sally 对于潘云富来讲也逐渐丧失魅力。尽管她依旧成天黏着他，尽管她仍旧将自己保养得格外年轻。

但潘云富这次再来美国，主要目的就是变卖掉二十年前投资在纽约的那两处房产，并用升值后的价格在拉斯维加斯购置一套大豪宅。

之所以选择拉斯维加斯，一方面在于潘云富自身好赌，另一方面则为工作考虑。假如他在拉斯维加斯能有一套房，便能更加轻易拉拢到那些政客和商业伙伴。他可以将这处房子打造成一个私密的、仅供核心成员消遣的私人娱乐场所。那些政客白天在大赌场玩，晚上来他这里玩。这对潘云富的事业来讲，是很好的投资。

他第一个想要收编的人就是董友文。虽说董友文相对年轻，可他这几年飞速成长的事例总能成为业内人士茶余饭后的聊天话题。他们都觉得再过十来年，董友文定会成为下一个钟启发或潘云富。潘云富明白，与其让董友文成为自己日后的竞争对手倒不如提前将其收入囊中。同样，他也清楚钟启发此刻定有相同的心思。

当潘云富接到董友文的来电时，他正与地产经纪签署一叠他看不懂的英文文件。这是一份委托书，他准备委托他在美国的地产经纪人在价格合适时替他将纽约那两套房子出售。与此同时，他又向经纪人大体形容了一下自己打算在拉斯维加斯购买豪宅的需求。

"你直接来拉斯维加斯和我谈!把护照拍给我秘书,她会给你订机票!"潘云富推开地产经纪人递来的签字笔,声音洪亮地冲着手机喊。

"好的,潘董,我尽快订今天最早航班。"

挂断电话,潘云富陷入沉思。"难道他和老钟没有谈拢?"

董友文并不打算让潘云富替自己报销机票钱,因为他想要的远不止一张机票而已!

他给自己订了一张经济舱的票,但他有信心将来可以次次出行都坐商务舱!他再也不想像刚毕业时那样低三下四地讨好可以给他签字报销那几十块动车票的财务经理。他希望这次自己可以在钟启发和潘云富之间做好选择,从而让自己的个人能力和社会地位实现真正对等。

话说回来,董友文的家境在北京也算还可以。谈不上多么有钱,但一家三口过得也并不算太紧。可他不满足于此,他想通过自己的双手获得更多与他相匹配的东西——不论物质还是内心。

兰芳的出现给董友文带来了前所未有的平静。每当看到她安静地做着那些不起眼的小玩意儿,董友文便觉得自己是全天下最幸福的男人。虽然兰芳做的巧克力和蛋糕并不太合董友文的口味,但只要是她做的,他都爱吃。

董友文没有订到从北京直飞拉斯维加斯的机票,目前能订到的最早班机是中午 12 点多在西雅图转机的那趟。

"我不去深圳了,临时要去一趟拉斯维加斯。这几天你在家里乖乖的,有事就联系关丽娜。爱你,宝贝儿。老公会带礼物给你。"出票后,他将这一消息告知妻子。

兰芳在收到董友文发来的消息时,刚好在药店结完账。她不清楚哪种药的药效最好,索性相同类型的药膏每个牌子各买一支。

看着手机屏幕上董友文亲昵地称呼自己为"宝贝儿",兰芳的心突然攥得有些紧。究竟要不要告诉友文她将穆泽烫伤的事情?友文会不会责怪自己对这个男孩太过上心?还是说,友文在得知详情后,会支持她一大早替男孩儿买药的决定?又或者……

兰芳想了很多种可能性,但最终还是决定暂时先不告诉友文这件事情。她并没有想要刻意隐瞒穆泽的出现,也深知自己不可能做出对不起友文的事情。只是在她内心深处,她并不希望友文与穆泽产生任何交集。

"注意安全,早点回来。"

走出药店大门,兰芳发出消息。

06

追爱

What are Words
Anywhere you are, I am near
Anywhere you go, I'll be there
Anytime you whisper my name, you'll see
—— *Chris Medina*

关丽娜处理完公司的事情便将车开到兰芳家的小区。

"你下来吧,我到了。"关丽娜给兰芳发了条语音。

临近出门,兰芳又特意瞧了一眼昨天将自己双脚磨破的尖头鞋,转头换上那双最合脚的白色休闲鞋。她还是很听话的,一直以来只要是友文说的她都会听。

"你这几天要是公司很忙就不用过来了。被你和友文弄得,我都觉得自己快成一个废人了。"兰芳系上安全带,升上车窗。

"我这几天没什么事,反正闲着也是闲着。"关丽娜一踩油门,朝小区外驶去。开了一会儿,她问兰芳,"对了,友文跟你说他这几天要去哪儿吗?刚才我接到同事电话,听他们公司的人说他这几天请假了。"

"估计是公司又给他派了新任务。"兰芳不紧不慢地说,"他之前跟我说要去深圳,但是刚才临时又说有变动,要去一趟美国。"

"美国?什么城市?"

"拉斯维加斯。"

"什么?!拉斯维加斯?!"关丽娜听后猛踩刹车,在车内都能明显听到轮胎与地面急剧摩擦所产生的刺耳噪声。这不仅吓坏了兰芳,就连紧随其后的车辆都险些撞上车屁股。

一连串夹杂指责性质的鸣笛声在身后频频响起,兰芳紧张地不住回头张望。"丽娜,你不能随便停在路中间啊。这样多危险啊。你这是怎么了?真是吓死我了!是车坏了?"

兰芳的声音带着颤抖,但比她声音更加颤抖的却是关丽娜的心。

"你刚才说什么?你再说一遍!你说董友文去美国了?而且还是拉斯维加斯?!"

"对呀,你快点把车先开走吧。你这样停在马路中间太危险了!"

关丽娜没理会兰芳的惊恐。她直接将车挂了P挡,按下双闪键。她重重地将身子靠在椅背上,示意身旁的兰芳赶紧闭嘴。

足足过了两三分钟,关丽娜才又重新挂上前进挡。

"我突然想起来公司这几天要派我离京考察。这几天你先不要联系我了,等我忙完这阵再来找你。"

"好好好,你先把车开走,其他的你自己安排。"

接下来的路程,兰芳紧握车把手,生怕丽娜又在中途犯神经。而关丽娜却在脑海中构思着即将在美国与董友文见面的场景。

她突然觉得兰芳也不是一无是处,至少她毫无心机。

开到美术馆门前,关丽娜将车子刚刚停稳,右车窗就被人敲响。

"谁啊?"关丽娜不耐烦地摇下车窗,见车外站着一个帅气的男生。

"Hi,真巧。刚好看到你朋友的车,就过来和你们打声招呼。"穆泽大方地冲兰芳说话,又探头向关丽娜挥挥手。

"你好啊,小帅哥。"关丽娜有些挑逗意味地看向穆泽。她的表情似笑非笑，仿佛穆泽就是她的玩物一般。

穆泽突如其来的出现，让兰芳有些不知所措。她尴尬地冲穆泽笑了笑，慌乱地解开安全带。"那个……丽娜，我们好像快迟到了。你这几天出差注意安全，我先走了，拜拜！"

"慌什么啊。"看着兰芳落荒而逃的样子，关丽娜更觉好笑。"喂！小姐！手机落车上了！"关丽娜习惯性地用余光扫了一眼副驾驶，果不其然兰芳的手机又一次落在车里。

兰芳红着脸接过手机，关丽娜也将车子缓慢驶离这片区域。就在她即将左拐进入主干道时，再次透过后视镜看了一眼并肩而行的兰芳和穆泽。关丽娜发现，他们二人并肩前行的背影竟毫无违和感。

关丽娜摇了摇头，索性将车子停在路边。"或许这一次老天爷能够眷顾我，不会再让5年前的悲剧重演！"关丽娜一边想一边给钟启发和人事部同时发了请病假的消息。

关丽娜在飞机上几乎没怎么睡。她先是刷了信用卡在飞机上购买了 Wi-Fi，随后给自己订了一间威尼斯人酒店的房间。

这么多年以来，她一直将董友文视作自己的偶像。从她大一那年初见他的第一面起，她便清楚自己已然深深地爱上了这个男人。她对他的情感无法用言语表达，只因当初看到董友文对兰芳好，所以她也要求自己将本身只是普通同学的兰芳视作自己最应该保护和关心的人。渐渐地，她对兰芳的保护成为了一种习惯。习惯到她已经忘记去追求自己的幸福，习惯到在她的见证下董友文迎娶了一个平庸无奇的女人。

毕业之后，关丽娜同时应聘了好几家公司，其中她最想进的便是董友文现在所在的这家。尽管这家公司的待遇和规模在业内并非佼佼者，但只要一想到她日后能有机会和董友文齐头并进、共同成长便觉幸运。即便他们无缘成为一家人，可至少她能有机会在公司天天见到他。

当钟启发的人事经理通知她被录用时，关丽娜差一点就断然拒绝。尽管钟启发的公司规模与整体实力要比董友文那家强太多，可一想到又要再次与他擦肩而过，关丽娜的心都快被戳穿了。

整整一周，关丽娜几乎天天以泪洗面。她觉得自己为了更好的前程、更多的工资背叛了董友文，也背叛了自己的爱情。她觉得自己是一个唯利是图的小人，是一个再也配不上董友文的女人。

往日的一幕幕在关丽娜脑海中一一闪现。她紧靠窗边，悔恨万千。

这一次，她说什么也不能允许自己再与董友文擦肩而过。她不愿让董友文选择潘云富，更不能让他选择潘云富。她一定要去美国制止他！一定！

关丽娜对潘云富这个人的了解程度，并不比其他人多。她最近一次听钟启发提到潘云富，就是听说他要在拉斯维加斯买房这一消息。对此，很多人纷纷猜测认为潘云富是要转移资产。于是以讹传讹，将他那些足够劲爆的发家史又一一翻了出来。

有人说他一定是和某某官员勾结所以打算提前潜逃，也有人说他和不少地下钱庄的老板都是结拜兄弟，还有人说他其实早就不是北京人而是其他身份。总之，潘云富无非是想将纽约的两处房产变卖而已，怎料竟被旁人这般妖魔化地衍生至此。

对此，潘云富早已见怪不怪。他从不解释什么，因为他清楚外界对他的猜测传得越邪乎，他存在的价值也就越大，事业反而更加稳定。

钟启发就曾对关丽娜说："我怀疑外面那些风声都是潘云富自己找人放出来的。"

关丽娜谨慎地询问："您的想法是？"

"就像现在那些所谓的明星。天天给自己制造八卦新闻，引起大众注意。等让大家骂够了，他们再慢慢洗白。就这样来回来去，给自己制造话题度。做的尽是些下三滥的把戏！"

钟启发对潘云富怨恨的由来关丽娜无从得知，只是像钟启发这种理智到极致的男人是很少公开评价某人的。关丽娜不敢插嘴，站在一旁等待钟启发接下来的指示。

"不过，这也应该算是他唯一的优点。"钟启发点了一支雪茄，似笑非笑地说。"他并没有打算洗白，也没有因此摆脱自己曾经肮脏的身世。他依旧整天一副大老粗的土包子形象。这也确实是他能在这行混下去的关键所在。至少给那些资金不如他雄厚、想干又干不过他的伪绅士留了一件虚伪的外衣。"

回忆到这儿，关丽娜更加困惑。为什么董友文这一次想要选择一个土包子，而不是和他一样精明谨慎的钟启发？

though
07

脱衣舞女郎

当穆泽接过兰芳递来的一塑料袋药膏时微感诧异。"只是稍微烫了一下，真的不用这么在意。我上小学那会儿和同学打篮球，他们不小心压在我身上把我左手压骨折了，我都没哼一声。你看，现在不都挺正常吗。"穆泽挥动着左手手臂，向兰芳展示他说的全部属实。

兰芳笑了笑，换了个话题。

"我今早看到你发的朋友圈了。那些都是你做的？"

"哈哈，是呀。手艺不错吧？"

"嗯，看起来很有食欲。"

"主要9点钟还要上班，不然我还会做得更丰富一点。"穆泽一边说一边将等会儿做蜡烛要用的模具替兰芳摆在面前。

"你不是正在上学吗？怎么还上班？"兰芳对坐在自己身旁的这个大男生越发好奇了，毕竟当年的友文，也是在大四那年利用假期做了份兼职。

"想多交点朋友，另外也不想让自己看起来太闲。"

"你在哪里上班？"

"'取舍'，是一家书店。"

"'取舍书店'？就是在二环边上的那家书店？"兰芳有些激动地看着穆泽的双眼。

"你居然知道！"穆泽也来了兴致。"对！就是这家。"

"你很喜欢看书吗？为什么会想要在书店工作？你……喜欢读诗吗？"兰芳终究还是没能忍住询问穆泽最后这个问题。尽管她很清楚穆泽不是友文，可她还是殷切地希望他和自己能有共同喜好。

"读诗倒是不怎么读，但我很喜欢自己写歌词。其实有的时候我觉得每首歌的歌词就好似一首诗，是一个人的故事，也可以是一群人的故事。我最早在这家书店应聘其实就是为了能来这里免费听到那些早已绝版的黑胶唱片。我们书店的老板很喜欢收集黑胶，店里那台留声机就是他特意从国外淘来的。"

"嗯，是的。店里的音乐都很美，以前我和我……"兰芳很想说"以前我和我老公"，可话到嘴边她却没有说出口。

她并非想要刻意隐瞒自己已婚的事实，可不知怎的在穆泽面前，她觉得自己还是个学生。是那个无忧无虑、没有体验过夫妻生活的单纯的在校生。

"你是什么时候去的？"好像穆泽对兰芳和谁前去并不在意。

"五六年前了。"兰芳慢慢回忆。

最早是董友文告诉兰芳这家书店的存在的。那天董友文兴致勃勃地来到兰芳宿舍楼下，他激动地告诉她自己终于找到了那本他们一直想要的原版诗集。二人从学校出发，坐了七八站公交车。下车后，又走了将近一站地才终于找到这家外表看起来并不起眼但里面宝藏云集的"取舍书店"。

那本诗集的价格对于当时的董友文和兰芳来讲，显然太过小资。不过董友文没有半点犹豫，直接将它买下送给他心爱的她。那段时间董友文每晚都会坐公交车去学校找兰芳。那时的他们不聊爱情，只是彼此相互依偎，安安静静地品味诗句。

可是再后来，董友文和兰芳却再也没有去过那家书店。随着董友文事业上的逐渐提升，"取舍书店"里的书已经不再适合他。他约兰芳又逛过一次书店，这次是在西单图书大厦，董友文连摆放诗集的那片区域都没有踏足，只身踱步于"商业书籍"的板块里。

那天董友文选了六七本书，全是与如何赚钱相关的。或许就是从那天起兰芳觉得董友文变了。在她的内心深处，她感觉自己可能已经失去了那个愿意与她整日对诗的学长了。

下了飞机，董友文直奔威尼斯人酒店。

并不是潘云富多么钟爱威尼斯人，只是这些年他习惯了每隔几天便换一家酒店入住。他想体验不同的新鲜感。当然，并非房间布局的新鲜，而是一楼赌桌上的新鲜。

当潘云富的秘书将见面地点详细告知董友文后，他才发现这条信息居然精确到了第几张牌桌。

董友文没顾上 Check-in，直接拎着拉杆箱就来了。

"哈哈哈！瞧你小子这猴急样儿！一定也是手痒了吧？"潘云富将自己身旁的椅子拉出，示意董友文坐下。"来！再拿 5000 出来！"潘云富看了一眼女秘书。

女秘书从包里拿出 5000 美金现钞，全是一百一张的。潘云富将 5000 块钱放在董友文面前的牌桌上，"知道你出来得急，肯定没顾上换钱。喏，这些就当是你今天的本金了。直接找他换筹码吧！"潘云富说完指了指正在发牌的发牌员。

"这钱我不能收。"董友文小心翼翼地将 5000 美金朝潘云富跟前推了推。

虽说5000美金换算成人民币也就不到4万块钱，但整个赌场里大部分老虎机的起始价只要几毛钱一手。说白了，就算破天荒地中上一个大奖也不见得能赢到5000美金。所以这钱，董友文无论如何也收不得。

"怎么？嫌少？"潘云富斜眼看着董友文笑。

"不少不少，您的盛情我领了。但这钱我真不能用。"

"哈哈！男子汉大丈夫，给你就拿着。又不是什么了不起的事。就算现在是钟启发坐在这儿，他也照样会给你的。"

潘云富一边说一边将300块钱的筹码压在写有"Play"字样的桌面上。他之所以想与庄家搏一搏，是因为手上攥有两个"Queen"。

倘若董友文再推三阻四则显得过于虚伪。他向潘云富道了声谢，抽出十几张百元大钞向发牌员换了等值筹码。

董友文很清楚，倘若身边坐着的是钟启发，他一定不会给自己一分钱本金。更何况钟启发是不可能与赌博沾边的。他这个人算得上是董友文认识的人中最克制的一个了。

也正是由于潘云富出手阔绰，所以手下有不少爱占小便宜的人喜欢成天围着他转。这样的好处在于潘云富的路子真的很广。可坏处却也尽人皆知——倘若有一天潘云富让这帮人再也占不到便宜，他们铁定一哄而散。

董友文和潘云富的手气还不算太差。几个小时下来，两人基本没输没赢。

"打了半天才打了个平手。哎，没意思！走，带你消遣消遣去！"潘云富随手递给发牌员几百美金小费，搭着董友文的肩膀走出大厅。若是论起给小费这一传统，还是20年前Sally教会潘云富的。

当董友文拎着小拉杆箱随潘云富走进那家音乐声轰轰作响的脱衣舞俱乐部时，门口的两名安保人员都以为他箱子里装着危险武器，正如同在台上跳着热舞的脱衣舞女郎们也纷纷猜测箱内会不会装有一些变态道具。

检查完行李箱,接待员扭着屁股将他们带到吧台。潘云富摇了摇头,示意要坐在舞池周边的小四方桌。接待员会意一笑,拿起刚放在吧台上的酒水单又朝四方桌扭去。

潘云富看不懂酒水单上的英文,"咱们随便点几个?"

"可以,您决定。"董友文清楚今夜必将不醉不归。

"那就也顺便点些吃的吧,正好也到饭点儿了。"潘云富摸了摸肚子,将酒水单推到董友文眼前,示意让他点。

几杯烈酒下肚,劲爆的音乐和燥热的氛围令董友文的喉头有些干涩。他很想快点结束这次毫无专业度的会面,毕竟从他和潘云富见面起,潘云富只字未提与董友文前景相关的话题。

几个 taco 进肚,潘云富显然没有吃饱。"这家店哪儿都好,就是吃的太单调。行了,咱们上半场活动结束。走!带你进入下半场!"潘云富边说边起身,根本不顾董友文有没有吃饱。他又在桌上放了几百块酒钱,显然他们喝的酒根本不必付这么多钱。

董友文见潘云富起身,紧随其后穿过人群,来到一扇黑色小门前。只见潘云富极有节奏地敲响左侧大门,没过一会儿这个不起眼的黑色铁门便从里面缓缓打开。

"这里的规矩只准看不准摸。"潘云富冲董友文使了个眼色。"不过只要钱给足了,别说摸了,带回家都行!"

直至潘云富淫秽的笑声在那条悠长的只够两人前行的隧道中渐渐消散,董友文才看到左转之后又出现了一片相对宽敞的场地。

这片区域总共有 4 间房,全是用黑色玻璃搭建的。董友文隐约看到屋内有人，但具体是什么人，这些人都在做什么，则只有屋内几人自己知道了。那个将他们一路领至此地的男接待员掏出钥匙打开了最里面的黑色玻璃房，说了一声"Enjoy"便转身离去。

玻璃门再次被推开时，董友文见到了两位金发碧眼的美女。她们的身材、相貌以及几乎一丝不挂的比基尼装扮明显要比舞池中央那几个野性舞女看起来更加高级。

伴随着玻璃屋内若隐若现的音乐声，两位美女很默契地一人骑到潘云富身上，另一人将胸部对准董友文的嘴。她们一直在扭动腰肢，她们的胸部和屁股总会时不时地轻碰一下潘云富和董友文的敏感部位。

这是董友文生平第一次来到这种场所。就算他的意志力再强，也险些有些招架不住。

"他们是舞女，不是妓女。只准看，不准摸！"仿佛有个声音一直在董友文脑中回荡。他不会让自己犯错，绝对不可以！

当潘云富淫荡的笑声再次环绕在整间玻璃房时，他已经将第21张100美金塞进那个一直对他抛媚眼的金发女郎的胸罩里。此时舞女的胸罩再也塞不进任何东西，她示意潘云富可以将接下来的钞票夹在那根比棉线粗不了多少的内裤带上。此时的潘云富真后悔自己来之前没有将100现钞破成5块或20块钱一张的小面额纸币。不过这种想法很快便转瞬即逝，当他粗糙的双手抚摸女郎丰润的翘臀时，钱不钱的早就抛到九霄云外了。

学着潘云富的样子，董友文也象征性地往他身上的女郎胸前塞了300美金。他不会动手摸她，他只是不想让潘云富扫兴。有那么几秒，在被金发女郎抚摸时，董友文突然想到了自己那位律师朋友。倘若陈律师较起真儿来，一定会和这家脱衣舞俱乐部打一场官司。凭什么客人摸舞女就要付钱，而舞女摸客人反而却能赚钱？不过他和潘云富一样，在这种场合也只是片刻走神儿。当脱衣舞女郎将内裤缓缓向下拉扯时，董友文的下体再也绷不住地出现了反应。

"咚咚咚……"三声敲门声恰到好处地突然响起。男性服务生的出现，提醒着屋内四人一个小时的 VIP 脱衣舞表演就此结束。董友文打心底里感谢服务生的及时出现，而潘云富则明显还没过足瘾。他恋恋不舍地看着面前的金发美女，此女正从胸口和内裤带上将大把大把的钞票一一抽出攥在手里。见潘云富正瞧向自己，美女浅浅一笑俯身亲吻了潘云富的右脸。她一边亲，一边偷偷在潘云富耳边说出自己的电话号码，并提醒他如果想要其他服务可以随时联系。

做这一行的女人，一定要懂规矩。她们可以在外面接客，但不能在工作期间带走店内的客人。只因这家店的招牌是"脱衣舞俱乐部"，很多法律她们还是要遵守的，尽管她们所从事的行业本就游走在法律边缘。

一个小时就能赚走几千美金的美差，让这个外国小妞动了越界之心。然而令她没有想到的是，她的算盘还是打歪了。当她用极为夸张和性感的声音在潘云富耳边吹出最后一个数字时，不懂英文的潘云富只当那是一句外国女人廉价的情话而已。

"你这次自己一个人来的？"待两个舞女离开，潘云富意犹未尽地点燃一支烟。

"是。"董友文也将刚刚被舞女解开的衬衣扣一一扣紧。

"哈哈，小伙子定力可以啊。"潘云富一把搂过刚踏进屋的女秘书。"你小子今晚可没我有福气喽。"

只听女秘书一声娇笑，便随潘云富又亲又摸地走了出去。

你的明信片

08

《你的明信片》

希望你忘记我 记得我
希望你回头看看角落的我
——姜丹迪

董友文用最后仅存的一丝理智独自一人在威尼斯人酒店前台办理了入住手续。十几个小时的奔波劳累、几十局牌桌上的强装尽兴、几杯烈酒下肚后的眩晕以及摆脱不掉的脱衣舞女郎性感的身躯……疲惫感随着潘云富的离开彻底在董友文身上体现出来。不论精神还是肉体，董友文再无招架之力。

就在他有些迷离地拿着房卡朝电梯口转身的一瞬，眼前突然出现了一个熟悉的身影。那是一个扎着马尾辫的女生，在威尼斯人蓝天白云的酒店顶篷下面，她一身红色连衣裙显得格外耀眼。

"老婆？你怎么来了？"董友文追上女生，一把将她搂进怀里。曾经他与兰芳在威尼斯人酒店里发生的一幕幕，再次显现在董友文的脑海里。他需要兰芳的陪伴，更需要兰芳的热情。刚才脱衣舞女郎带给他的冲动，他仍意犹未尽。

"友……友文，你……"被董友文突如其来地从身后抱住，关丽娜娇羞地红了脸。

这样温暖的拥抱，这般温柔的声音，是关丽娜做梦都想得到的。可当它们突然到来时，她竟慌张得不敢喘息。

"你怎么来了？你怎么来了？我好爱你，好想你……"董友文低头亲吻着关丽娜的秀发，将她从背后抱得越来越紧。

尽管关丽娜渴望这样的拥抱、奢求这样的亲吻，可董友文醉醺醺的酒气让她明白现在的他并不清醒。关丽娜不愿做小三，更不会做兰芳和董友文之间的小三。倘若她要得到董友文的爱，就一定光明正大地争取。她不需要在董友文醉酒时和他贪图一夜温存，就像她一直坚持不肯接受他和兰芳家的家门钥匙。

"友文，你喝醉了。我是丽娜。"关丽娜掰开董友文强有力的手臂，面朝他转了过来。

董友文的双眼已经无法聚焦。他用力眨了眨眼，努力确认刚刚那句话的含义。当他意识到面前这个女人不是兰芳而是关丽娜时，董友文如同触电般全身肌肉瞬间绷紧。他使劲晃了晃早已晕眩的头，有些不敢置信地问："怎么是你？"

此时有一万种可能性出现在董友文的脑袋里。

"关丽娜怎么知道我来美国了？她是不是一直在暗地里监视我？"

"她此次前来的目的是什么？"

"这是她的个人意愿还是受钟启发指使？"

"我和潘云富见面的事，她是不是已经看到了？"

"如果她向钟启发说明此事，倘若这次我和潘云富没有谈成。这次赴美和潘见面会不会成为日后我去钟启发公司的把柄？"

"假如她暂且不和钟启发汇报此事，是不是这也算是她日后要挟我的一份证据？"

就在几分钟前董友文还在思索，假如自己日后真的替潘云富这种只会吃喝嫖赌的人做事，是不是会存在很多风险。想着想着，就在他快要决定将与自身命运捆绑的天平朝钟启发那边多倾斜一些时，关丽娜的突然出现让董友文即将做好的决定又极速向反方向大幅度扭转。他觉得与其为一个老奸巨猾、身边尽是探子的人工作,倒不如跟着潘云富这种土财主。至少跟着潘云富,未来十几年只管专心做事,不必再去浪费心神提防那些明里暗里的"眼睛"。

"我听兰芳说你到 Vegas 了,所以想过来找你。"关丽娜有些动情地看着董友文。

"找我干吗?"董友文警惕地问。

"因为我知道潘云富这段时间在 Vegas,所以我怕他捷足先登。"在董友文面前,关丽娜毫不隐瞒。

"果然如此!"董友文在心里狠狠痛斥。

"你是不是喝酒了?我先扶你回房间吧。"关丽娜关切地挽起董友文的手臂。

董友文没有拒绝,他沉默不语地随关丽娜向电梯间走去,边走边思考关丽娜出现在这里的真正目的。

"你为什么来找我?"进入房间后,董友文装作自己有些醉不经事。

"先不说这些了。你喝多了,我去给你倒杯水,再给你擦把脸。"关丽娜将酒店提供的矿泉水拧开,小心翼翼地递到董友文唇边。

董友文咕咚咕咚大口喝水,一口气没倒好,险些呛到。

关丽娜见状,赶忙将水瓶拿开,一个劲儿地帮他拍背。"好一点儿没?对不起……对不起,都怪我太不小心。"

关丽娜一直给董友文道歉,尽管不小心呛口水并不算是什么大不了的事情。

回想往日,关丽娜在大学期间也给董友文喂过一次水。那时董友文为了替兰芳买回老家的车票,足足在售票处外顶着从天而降的雪花排了将近 3 个小时的队。当晚,董友文就发烧了。

兰芳见状，不知所措。她除了哭，还是哭。几乎一整晚，都是关丽娜一个人在照顾半昏迷状态的董友文。

兰芳吸溜着鼻涕对关丽娜说："有你在身边，真好。"

关丽娜却心情凝重地说："有你在身边，他怎么能好？"

在威尼斯人的酒店房间里，关丽娜像几年前一样将董友文扶上床。她去卫生间浸湿毛巾，回到床前替他擦拭裸露在衣裤外的身体。

董友文继续装作不省人事的样子小声自言自语。"你为什么来美国找我？为什么？"

"友文，你是不是好难受？想不想再喝点水？要不我再扶你起来喝一点水？如果能吐出来，胃里多少舒服一些。"关丽娜温柔地询问着这个她足足深爱了9年的男人。可董友文仍旧半睡半醒地重复着刚才的话。

关丽娜用手轻轻拂去董友文右眼角边的头发，语气温和地说："因为我想见你，特别特别想。从18岁入校时第一次见到你，我就深深爱上了你。我欣赏你的才气，更欣赏你身上所散发出的所有独一无二的特性。但那个时候，你已经爱上了兰芳。我不知道自己哪一点比不上她，可你爱她爱得如此真切，就如同我深爱着你。那时的我曾想过要远离她、远离你。我不愿夹在你们两人中间，可我又没有勇气真的让自己永远消失在你眼前。只要每天能够看到你笑，我便觉得一切的一切都是值得的、都是美好的。这些年，我一直谁也没找。其实不为别的，全是为了你。我一直觉得兰芳配不上你，我总觉得有朝一日你会离开她、会发现其实身边一直有一个人也在默默爱着你。可直到你们结婚那天，我还是没有勇气说出我对你的感情。我不能拆散你们，至少你们不论是恋爱或是分开都不应因我而起。我想做的，只是一个人默默陪伴着你。可我……还是无法拒绝兰芳要我当伴娘的邀请。你还记得吗？那天我喝了很多酒。你笑着对我说又不是我结婚,我为什么这么激动。友文啊,我是多么希望那场由你精心策划的婚礼是我们的婚礼。我多么希望自己当年没有拼命拉着兰芳陪我加入读诗会的社团,我多么希望……"关丽娜说到此处,早已泣不成声。这些年,她将自己对董友文的感情一直深埋心底,从未对任何人提起。

董友文紧闭双眼,僵硬地躺在床上。这不是他想听到的答案,准确地说,这是他从未料想过的答案。他的心彻底乱了。他为自己刚刚对关丽娜的断言感到惭愧,更因关丽娜的表白感到羞愧。这些年他从未真正将关丽娜视作朋友。先前在学校,他只因关丽娜是兰芳的朋友,所以才会和她也走得稍微近了些。再后来步入职场,关丽娜的存在就变成了他打探钟启发和其他公司近期动向的媒介。他不喜欢关丽娜这种强势的女人,准确地说他总是下意识地认为这类女人定会为了一己之私筹划某种阴谋。

然而当关丽娜的泪水滴滴落在他的手背,董友文终于知晓了她的真心。他很感激关丽娜这些年对兰芳生活上的照顾,以及对他在事业上的辅助。可他不爱她,不论她流下多少眼泪,他终究无法爱上她。

董友文很想直截了当地坐起身,告诉关丽娜他现在已经很清醒并且不可能爱上她。可是……他不能这么做。就算是为了兰芳,他也不能这么无情地伤害关丽娜。

董友文只得口齿含糊不清地继续装醉,"老婆,我好爱你……好爱你。从在学校第一次见到你,我就知道自己一定会娶你。全世界,我只爱你……只爱你。"

尽管董友文故意将这句话说得断断续续,可关丽娜还是听得分外清晰。她终于清楚董友文其实并没有醉,而她却在他面前丢了脸。

关丽娜用力拭去脸颊上的泪,强装镇定地说:"友文,你好好休息。今天的我们……都醉了。"

确认关丽娜真的离开后,董友文仍旧不敢睁开双眼。关丽娜刚刚说的那番话,彻底搅乱了董友文本就犹豫不决的心。光是钟启发和潘云富就已经很难做出选择,更何况现在又多出一个关丽娜。倘若他今后真的来到钟启发的公司,和关丽娜接触的时间估计要比和兰芳在一起的时间还要多。如果放在以前还好,董友文一定不会将自己和关丽娜往男女私情上去想。可现在一切都变了。关丽娜的眼泪如此真实,他不能视而不见!

当兰芳第四次和穆泽在美术馆相遇时,两人之间的默契已经要比前几天高出很多。做完当天所学的蜡烛,穆泽从双肩背包里拿出一个淡蓝色的笔记本。

"里面记的是些什么?"兰芳好奇地问。

"是歌词。"穆泽骄傲地说。

"是你自己写的歌词?"兰芳的好奇心更胜一些了。

"对!这里面的歌全是我自己写的。"

"能让我看看吗?"兰芳迫不及待地伸出右手。

"这是我昨天晚上写的。因为看了一个相对凄美的爱情片,索性有感而发了一下。"穆泽小心翼翼地将笔记本翻开,翻到写有《你的明信片》的那一页。

《你的明信片》

从来不曾怀疑专属你的美

一颦一笑都牵动我沉醉

倘若那天没和你走同一条街

也不会发现我们住得好远

越来越多的人发觉你的美

平凡的我忘记你学不会

直到我担心你身边会有人出现

我只好强迫自己疯狂一点

我胡乱寄出你的明信片

有些话只能出现在梦里面

远远地看着你没任何关联

只祈求今后还能再与你擦肩

我胡乱寄出你的明信片

有些话不仅出现在梦里面

近近地看着你没任何分别

只希望没有打扰你我的昨天

又或许你我从未拥有过昨天

哒啦啦呼啦啦哒哒

哒啦啦呼啦啦哒哒

希望你忘记我

记得我

希望你回头看看角落的我

哒啦啦呼啦啦哒哒

哒啦啦呼啦啦哒哒

希望你忘记我

记得我

希望你回忆里有昨天的我

"哇！写得真好！"兰芳看后竖起大拇指。

"哈哈！谢谢夸奖！以后有新作品都会第一时间与你分享。"

兰芳听后，微笑点头。

然而在地球的另一端，假如关丽娜能够看到穆泽写的这篇歌词，一定会泪流满面地认为这首歌是专门为她和董友文所写。如果她可以强迫自己疯狂一点，如果她可以勇敢地寄出这些年偷偷为董友文写过的每一张卡片，如果刚刚的她能够再大胆一些……

你的明信片

09

卡朋特乐队

Close to You

That is why all the girls in town

Follow you, all around

Just like me, they long to be

Close to you

　—— *The Carpenters*

为期一周的蜡烛培训课程暂时告一段落，老师在临下课前给学员们布置了作业。假如作品集做得好，就能申请到蜡烛讲师资格证。当然，这也与前期所交的学费数额息息相关。对那几个女大学生来说，她们只是过来给男朋友做小礼物的，所以她们交的钱很少，无非就是做几支蜡烛的成本费和场地费。但对于穆泽来讲，他是奔着蜡烛师资格证来的。当他决定把上万元的学费交出来的那一刻，便确定了自己未来要走的路。

"这个送给你。"快要走出美术馆大厅时，穆泽将自己从"取舍书店"买来的CD递到兰芳面前。

兰芳接过CD，瞬间眼前一亮。"你从哪里买到的？你怎么知道我喜欢他们的歌？"

这张专辑看上去很普通，纯白色的封底中间选用了很小一张男女合照充当专辑封面。不仅这张照片完全没有色彩碰撞的吸睛效果，就连那张唯一的人像照还是一张黑白老照片。倘若将它放在琳琅满目的各色专辑货架上，一定很难被人一眼发现。

然而正是这样一张看似平淡无奇的专辑，却成为了无数歌迷永远的回忆。

是的，这就是 Carpenters 的最新专辑。

"哈哈，我不知道你喜不喜欢。因为我很喜欢，所以我希望你也会喜欢。"穆泽在说这番话时，脸上洋溢着专属于他这个年龄段特有的自信。

"谢谢！我很喜欢！谢谢！"兰芳一连说了两声"谢谢"，因为她真的很欢喜，因为她为了得到这张原版专辑已经逛了不下十家音像店。

"那咱们就下周交作业的时候再见喽。希望你可以一边听着他们的歌，一边做出专属于你个人风格的蜡烛作品。"

"好！下周见！也很期待你的作品！"

兰芳已经有很多年没有像今天这般兴奋和激动了。她紧紧攥着这张专辑，目送着穆泽远去的背影。

关丽娜还是来了。像往常一样，她将车停在了美术馆门前的停车场。

"你回来得可真早。"兰芳像往日那般，拉开车门坐了进去。

"早吗？我已经落下很多工作了。"关丽娜尽量让自己看上去相对自然。

"反正比友文回来得早。他到现在都还没有回来呢。"

当兰芳将"友文"二字一说出口，关丽娜本就没有愈合的心再次被狠狠撕裂开来。董友文最终还是选择了潘云富，而非钟启发。钟启发因此痛骂了关丽娜一顿，并不得不在贴身保健医生的叮嘱下服用了三四种药物才不至于气昏病倒。这次挖人失败对钟启发来讲着实打击不小，对关丽娜而言又何尝不是。可能从今往后，她和董友文将变成死对头。只要她还在钟启发手下工作，她就不得不和潘云富手下的人打得你死我活。

"你爱他吗？"关丽娜的神色有些暗淡。

"谁？"兰芳突然神情紧张。

关丽娜疑惑地看了她一眼，"什么谁？除了友文还能有谁？"

兰芳深知自己说错话，连忙作出肯定回答。

"你手上拿的是什么？"关丽娜瞥眼看见兰芳手中的CD。

"卡朋特乐队的专辑！"谢天谢地，兰芳感激关丽娜这次突如其来的转移话题。

"卡朋特？都唱过什么歌？"

"就是那首很有名的英文歌 Yesterday Once More，翻译过来叫做《昨日重现》。就是'every shalalala, every wowo~'这首歌。"兰芳竟不自觉地小声哼唱起来。

"什么'沙啦啦，喔喔喔'的。你要说李玟的'滴答滴答滴'没准我还真听过。"

"这张专辑受万人追捧的主要原因不仅仅在于它用了全新的技术将老歌新作，更因为这是一张用全部的爱与思念完成的作品。"兰芳没有理会关丽娜的调侃，继续耐心地说。

"他们是哪儿的人？"关丽娜随口问。

"他们是美国歌手，七八十年代那会儿家喻户晓、风靡一时。"

"七八十年代的时候火了一把？那后来呢？后来怎么没戏了？"关丽娜又看了一眼兰芳手中的专辑，补充道："这俩人是夫妻？"

"不。他们不是夫妻，是兄妹。"

"兄妹？这倒挺有意思。"

"这些歌都是他们二人写的，他们都是很有才华的音乐人。妹妹担任主唱，同样也是鼓手。后来她英年早逝，乐队不得不解散，逐渐也就消失在了大众的视野里。现如今她哥哥已经70多岁，是一位音乐制作人，就是照片中的这个男人。"兰芳指了指专辑封面，"他用了全新的技术提取出妹妹当年的歌声，并在新专辑中加入了皇家交响乐团管弦乐部分的编曲。我想，他一定是想在有生之年再让妹妹的歌声重现于世。这张专辑的出现肯定饱含着他对妹妹全部的爱与思念，所以这也是这张专辑最令人爱戴的原因之一。"

"照你这么说，她哥够有经济头脑的。这张专辑一出，肯定赚翻了。"关丽娜掏出手机，上网搜索了一下目前这张专辑的销量数据，不禁竖起大拇指。

"丽娜，你怎么会这么想？这是一种情怀，更是兄妹之间无价的亲情。更何况这张专辑一问世，也让那些随着他们一同老去的歌迷再次有机会重温经典，重拾他们曾经年少的心。"

"别逗了，也就只有你这种没出来工作过的人才会这么想。"关丽娜对兰芳的说法不屑一顾。"所谓的情怀也好情感也罢，都随着他妹妹的死渐渐消失。我刚才上网查了，上面说他妹是因为想减肥所以得了厌食症才离开人世的。如果他妹不死，他们没准还能再火几十年，还能再开几十上百场演唱会，还能再赚更多的钱。所以，这就是一次赚钱的手段，没你想的那么煽情。"

兰芳不再多言，她搞不懂为什么现在不论是丽娜还是友文，他们满脑子就只有钱。关丽娜见兰芳没有吭声，索性将 CD 从兰芳手中拿来。

"说了半天，打开听听吧，看看究竟有没有你说的那么完美。"

关丽娜撕开塑料薄膜，将光碟放进光盘机。当车载屏幕上显示第一首歌已经开始播放时，兰芳虔诚地闭上眼睛。

专辑中的第一首曲目，由弦乐团拉开序幕。这并不是真正意义上的第一首歌曲，它更像是一部电影的开场曲。几十秒过后，第二首歌正式开始——实则是目录上的第一首歌曲 *Yesterday Once More*。

此时车内二人都不再说话。兰芳在静静回忆自己和董友文初识的情景，而关丽娜则很认真地去听歌词含义。

半晌，关丽娜有些伤感地说："这首歌还真是讽刺。歌中她唱到'她小时候总是守着收音机，等待她最喜欢的歌曲播放。她独自一人跟着哼唱，边唱边笑。长大后，她听到同样的歌，还是那么动听。可是她却边唱边落泪'。这不就是她那些歌迷的现状吗？她永远离开了他们，他们从最初守着收音机去听她的歌声笑，到现如今缅怀她这个人。"

"是的，丽娜，你说得很对！所以这也是这张专辑最有魅力的部分！"兰芳认同地表态。

"不过伤感归伤感，她哥肯定没少赚。"关丽娜收回思绪，又铁石心肠地将一切出发点归结于这只是一个赚钱的手段而已。

兰芳无奈地叹了口气，彻底沉默不语。她静静看向窗外，在动听的歌声里缅怀她与丽娜逝去的纯情。

潘云富喜得爱将一事在圈内传得沸沸扬扬。作为他的妻子，Sally 肯定要好好表现一番。在她还没有嫁给潘云富以前，就很喜欢绘画。尽管她自身的绘画水平很有限，但这并不妨碍她愿意花大把钞票收购那些尚未成名的小画家的作品。虽说潘云富对 Sally 的审美不敢恭维，可还是给她提供资金支持，由着她的性子来。毕竟女人能有个乱花钱的爱好，总好过有事没事在自己老公面前找茬儿强。

Sally 的这一爱好，也引来了很多人的闲言碎语。很多人在私底下乱传，认为 Sally 肯定包养了不少年轻画家，毕竟六十来岁的潘云富已经很难满足如狼似虎的美艳少妇。然而事实却是，他们都想错了。尽管 Sally 看上去妩媚多情，但只要她和某位异性稍微走得近了些，她的母亲便会严厉告诫她："你说话办事一定要注意分寸！不要忘记自己是带着秘密进入潘家的！"

每到这时，Sally 便会当机立断彻底切断与那些男人的联系，继续乖巧地扮演好潘云富的性感娇妻。

Sally 的母亲确实是个狠角色。这一点，从她尖酸刻薄的面相上便不难看出。她的狠不仅用在自己身上、几位前夫身上，更是用在了 Sally 身上。其实她的几位前夫相继去世已经是老天爷对她的一种警示，不过 Sally 的母亲却将此事看成一个巨大商机。她从她的那些前夫身上捞到不少保险金，直到 Sally 嫁给潘云富，她才终于停止这种毫无感情的婚姻交易。

要说这些男人中最幸运的应该要数 Sally 的亲生父亲。虽说 Sally 的母亲在他最艰难的时候狠心离开了他，但至少他不像她后来的那些丈夫一样被活活克死。

Sally 的母亲很清楚潘云富的金钱与地位远超于她的那些前夫，所以自从 20 年前 Sally 向她提起潘云富的存在时，她便告诫女儿："你可以不爱这个几乎和你父亲同龄的男人。但你要尊重他、认可他、奉承他、拿住他！"

很多人造谣说潘云富这个老色鬼肯定每晚都和这对母女比翼双飞。但事实却是，Sally 的母亲时时刻刻在他们家监督 Sally，绝不允许她做出任何对不起潘云富的事情。而她自己本人，也尽可能地和潘云富保持距离，做好一个"岳母"应尽的义务——尽管她和潘云富的年纪不相上下。

或许是因为年纪大了，在 Sally 将女儿生下的第二年，Sally 的母亲突然认真反省起自己前半生所做的点点滴滴。她觉得自己是一个坏女人，尽管她因此得到过很多好处。

她终于意识到自己应该将外孙女保护好，不应再像她对待自己的亲生女儿 Sally 那样将其当作是一个通往理想生活的工具。

正是基于这样的契机，自打潘梦茹一出生便在父亲和外婆毫无保留的关爱与宠溺中逐渐成长。

潘梦茹被保护得很好，过分的好。这种保护多半基于潘云富的自我认知。他很清楚自己从来就不是一个合格的丈夫，因此他认为女儿还是减少与男性接触的频率为好。至少在他没有帮女儿挑选出合适的郎君前，女儿在女校上学总归会更稳妥些。

直到上了大学，潘梦茹才第一次离开女校尝试着融入进男女混合的大学。为此，她有些不适应，但更多的是不知所措。尽管她长得很漂亮，如同童话世界里高贵的公主一样出众。可由于她不清楚如何与男孩子相处，从而丧失了很多与男生交往的机会。她至今没有谈过恋爱，但这一点恰好是潘云富最愿意看到的。

然而董友文的意外到访似乎开启了潘梦茹对于未知世界巨大的探索欲。她欣赏这个男人，更想要接近这个让她眼前一亮的男人。如果世上真有一见钟情，恐怕就是潘梦茹对董友文的感情。

10

Nettle & Wild Achillea

事实上，董友文与潘梦茹的见面纯属巧合。如果非要追溯其缘由，应该要从潘云富打算在美国上市说起。

潘云富想将公司在美国上市已经不是一天两天，为此他与专业人士协商洽谈了足足几年。这次赴美，一方面是要带上律师签署文件，另一方面他在美国找的房产经纪人也帮他成功拿下一套价值千万的豪宅。

原本潘云富还打算将这栋房子改造成核心成员的娱乐场所，可当他在经纪人的带领下走进这栋房子时，却彻底打消了先前的念头。

房产经纪人提供了 3 处房子供潘云富挑选，最终潘云富选择了室内面积最小、室外面积最大的一套。在潘云富的认知里，土地就是金钱！

这栋房子的室内面积与潘云富在温哥华的豪宅相比确实不算大，两层楼高的开放式独栋别墅，在一片绿地围绕的高尔夫球场中显得小巧安静。尽管选择购买这类高尔夫球社区的独栋别墅需要缴纳较高的物业费，可当潘云富独自一人在约为 2.88 亩地的、长满草坪的后院散步时，便觉得这钱花得值！这么大的后院，养几匹马都绰绰有余！

这样的想法不止潘云富一人有。当董友文第一次走进潘云富在美国的新家时，也觉得这是他有生以来见到过的最气派、最考究的独栋house。当然，这一切都是在他进入潘家企业三个月以后的事情。

自从董友文进入到潘云富的公司，基本上他天天出差。虽说工作频率和工作压力要比先前大了很多，但随之而来的社会地位和经济收入也在与日俱增很成正比。现在的他总是在电话里和兰芳说着情话，他总是让她再等等，等再过5年或者10年，等他替他俩赚足了钱，便可以专心回家陪她，再也不分开。

每到这时，兰芳都选择沉默，既没有埋怨也谈不上理解。

在董友文不在的日子里她试图联系过几次关丽娜，可关丽娜始终没有回电。

当董友文第二次拖着行李来到拉斯维加斯时，他很清楚自己已经成功赢得了潘云富的赏识与信任。因为这一次，董友文没有被安排入住酒店而是直接住进潘云富家里。

当潘云富的司机从机场将董友文接到那栋潘云富新买的别墅时，董友文瞬间被这栋气派非凡的独栋别墅所吸引。在董友文的认知里，这哪里是私人住宅，这分明就是一座环境优良的小公馆！

超大的落地窗在阳光的照射下闪着璀璨的光，在一片绿地包裹下更如钻石般夺目。就连门口竖立的那两棵笔直朝天的棕榈树，都像门神一样威严地捍卫着专属于这栋房子应有的神圣。若不是前院草坪上那些拿着相机的人不住吆喝，董友文一定还会更加细致地观赏这栋房子所带给他的无限视觉享受。

朝嘈杂声望去，只见四五个男人正对着一个身穿睡衣的女人拍照。一边拍还一边指导着女人应该站在什么位置、摆出什么造型。

董友文见状回头询问正在帮他从后备箱搬行李的司机，"咱们没开错吧？这里是潘董家吧？这些人在潘董家门口干吗呢？"

司机礼貌地看向董友文，见怪不怪地说："那是戴茜。"

"戴茜？当红歌手戴茜？"董友文大吃一惊。他不禁暗想难道最近电视上播出的那些有关潘云富和戴茜的绯闻都是真的？

"对，就是她。"司机将行李箱交到董友文手上，随即坐回车内将车子开走了。想必他还有其他人要去接。

董友文揣着疑问，一步一步朝大门走去。顺着石板路向前走，董友文越发觉得自己被周围修剪整齐的草坪和灌木紧紧包裹住了。这不禁让他有一种错觉，好似自己已经和大自然融为一体，又或是他已经成为了支撑这栋房子外墙上的一块缺一不可的砖石。

董友文走了七八步，又上了一级足足二三米长的宽台阶，这才来到大门前。一路上，他试图不去看戴茜，而戴茜一行人也同样没有在意他的出现。

房子的正门开了一半。准确地说，这是一个双开门式的磨砂玻璃镶实木边框的大门。磨砂玻璃门上的造型很别致，是由两朵曲折向上攀岩的玫瑰花组成。在阳光的照射下，董友文仿佛看到两位身形婀娜的少女正热情地招呼他快些进去。

董友文敲了敲已经半敞着的大门，礼貌地冲里面分别唤了一声"潘董"和"潘夫人"。他话音刚落，就见一个身穿旗袍的女人扭着屁股朝他走来，而她身后跟着一个体态臃肿的男人。由于女人身材过于瘦小，这件旗袍穿在她身上不但没有凸显出应有的气质，反而显得格外别扭。不难看出，这个穿旗袍的女人正是潘夫人，而她身后的男人则是潘云富。

"潘夫人好，潘董好。"董友文保持着一贯的谦卑。

"哎呀，什么夫不夫人的。都跟你说过多少遍了，叫我 Sally 就好啦。"Sally 一面说一面娇笑地轻轻捶了捶董友文的肩。如此暧昧的举动，让董友文一阵心慌。他下意识地朝潘云富看了一眼，潘云富没有任何表情。

"我带你参观一下我们的新家吧。"Sally 一边说一边挽起董友文的手臂。董友文这下更加紧张了。被 Sally 死死套住的手,他抽也不是不抽也不是。

这时潘云富终于开口,只见潘云富哈哈咧着大嘴,用力拍了拍董友文的肩。"跟她去转,跟她去转。我正好有个电话要打。她呀,就是个黏人的小妖精。"

"对呀,我就是个黏人的小妖精。"Sally 媚笑着又朝董友文身前凑了凑,指了指董友文脚边的行李,"这个你就放在这里吧,等一下刘阿姨回来了会给你拿上去。"待 Sally 越靠越近,董友文清晰地闻到从她身上散发出的一股独特的香气。

董友文对女士香水没有多少研究,可即便如此他也闻出了 Sally 身上与众不同的香味。这不是传统意义上的花香或者水果香,它既不柔和也不刺鼻,却具有一定攻击性。

Sally 自然不会向董友文细细讲述她是 Jo Malone 的忠实香水迷。透过董友文用力吸了吸鼻子的小动作,Sally 确信面前这个男人已经闻出了她的别致。毕竟对于很多女人来讲,从她们身上散发出的匹配香型象征着她们的第二种身份。

实际上,这款香水是 2 月 14 日情人节当天 Sally 在收到美国店员发来的限量版香水到货通知后专门赶到店里扫货的。这次 Jo Malone 总共出了五款不同香型,它们分别为:"Nettle & Wild Achillea Cologne""Hemlock & Bergamot Cologne""Cade & Cedarwood Cologne""Willow & Amber Cologne""Lupin & Patchouli Cologne"。

它们之所以特别,并不在于它们出自某种名贵且被大众熟知的花朵。这五种香型,均是从杂草和野花中提取出来的。而这种大胆的理念也受到了很多女性追捧。毕竟绝大多数女性并非出身名门望族,但她们渴望成功、渴望出人头地。就如同 Sally 自己，在她没有认识潘云富之前，她只不过是芸芸众生之中一个普通得不能再普通的给客人提供酒水、混迹在赌场里的服务生。她自认为自己还算漂亮，觉得自己有会说双语的优势，可那又怎样呢？她不过是一朵野花、一簇杂草。

现在的她总算在母亲的指点下出人头地，Sally 索性一口气将店里仅有的 12 瓶 "Nettle & Wild Achillea Cologne" 限量款香水一扫而光。或许在她的潜意识里，自己买的不仅仅是香水，而更像是一种对过往选择的肯定。

客厅很大，出奇的大。董友文说不好它的面积有多少，但假如找一百来人在这里列队跳一曲华尔兹应该不成问题。

客厅中间紧挨着两根起到承重效果的白色柱子旁放了一架与木地板颜色接近的三角钢琴。如果将这架钢琴放在董友文和兰芳的小家里，基本上已经占据三分之一的客厅。然而此时这架钢琴却显得格外渺小，就如同一个不起眼的单人沙发被闲置在一座充满年代感的宫殿里。

"我们没在客厅装电视，因为每个人喜欢看的节目都不一样。"没等董友文开口，Sally 便抢先介绍。

再往前走，是开放式厨房。如果不是董友文早有准备，一定误将那一排长达六七米的橱柜和镶有 6 个火门的炉灶认作是一家开放式餐厅。

尽管董友文一眼就看到那张由八把圆背圆腿碎花布面椅围成的椭圆形超大餐桌，但当那张足够围坐下至少 10 人的镶有灶台、电磁炉、烤箱和洗碗机的长方形黑胡桃木色的多功能长桌出现在董友文眼前时，他还是暗自倒吸一口气。

遥想当年，他为了给兰芳买一套既美观又实用的炉灶，不惜拉下老脸一个人在建材城和卖厨具的老板磨了小半天才终于在老板的埋怨声中买回那个仅有两个炉灶的灶台。尽管兰芳几乎没有为董友文做过一顿像样的饭菜，可那段花钱只买促销品的日子仍令董友文记忆犹新。

他无法估算出这张装有 6 个炉灶的多功能长桌的价格,但他很清楚以他目前的经济实力就算潘云富将其赠送于他,董友文都没有足够的空间放置。

"这里采光真好。"董友文迎上 Sally 骄傲的目光,恰到好处地赞美道。

"是呀。厨房和客厅基本上都是大落地窗,这也是我最喜欢这栋房子的地方。"

谈话间,二人同时看到戴茜和几个摄像师已经从前院方向走到厨房左侧的落地玻璃窗外准备继续取景拍照。

"你还别说,戴茜现在整个人的状态又和二十年前差不多了。"Sally 朝戴茜的方向努了努嘴,"记得我在美国上学时最喜欢的几首中文歌全是她唱的,那个时候觉得她好美、好有钱,也和我的生活离得好遥远。可你看现在怎么样?现在她却站在我家门外一个劲儿地请记者给她拍照,真是今时不同往日啊。"

"请记者拍照?"董友文不禁更加疑惑。虽然他并未过度关注娱乐新闻,可毕竟戴茜和潘云富的绯闻传得并非一天两天,作为公司的一员董友文也不得不关注一下潘云富的近期动向。倘若新闻里报道的全部属实,此刻戴茜穿着睡衣站在潘云富家门外摆拍,难道 Sally 竟会一点都不介意?

Sally 略带轻蔑地看向窗外。"你进公司前一两个月老潘刚好收购了一家和瘦身减肥相关的饮料公司,正好那个时候有人找他拉投资说想做一个网台联动的音乐节目。戴茜的经纪人听到风声,立刻托关系联系到我们,说想让戴茜在节目里当评委。你也知道,虽然她当年挺红的,但其实这十来年也没什么像样的作品。再加上长期抽烟酗酒,身材和皮肤状态也都没有以前好了,早就渐渐淡出观众视野。后来也不知道是谁在公司总结会上提议,说可以找戴茜当我们收购的那个饮料的代言人,没想到这个提议最后还顺利通过了。策划团队决定，在那档节目播出前几个月就应该开始有意无意地炒作她和老潘之间的绯闻，一方面可以让她预预热、让观众重新注意到她，另一方面也为我们独家冠名的那档音乐节目提前宣传一把。总之，还是那些老套路。只要是拍到了她和老潘相关的照片，她都不承认也不否认，说白了就是调动起观众的好奇心，自导自演呗。"

"那您不介意吗？"董友文想都没想，脱口而出。话一出口，才意识到自己竟然问了这样一个愚蠢的问题。

Sally听后哈哈大笑。"我有什么好介意的？他俩又不是真在一起了。再说了，戴茜现在就相当于我们的一个商品。前段时间我们花了不少钱带她到国外做美容和微整，也给她请了专门的私教让她在节目开录前把身上的肥肉减下去。其实呀，搞了半天还不是为了今后能把那个饮料卖得好一点吗？其实那款饮料我喝了，根本一点效果都没有。不过戴茜的外在形象变好了，她替我们代言的产品也就卖得更火了。等产品深入人心时，再花点钱找些记者拍点照片报道一下，说什么老潘又看上其他小明星了，戴茜和我们之间的合同也就基本上快到期了。所以这种事真的没必要太当真，双方都是各取所需。"

"那潘董那边？"不知不觉间，董友文又问出了另一个可笑的问题。

"老潘？他就更无所谓了，能赚到钱他就高兴了。再说了，现在不都讲究所谓的人设吗。老潘在人们心中一直是个老色鬼、大老粗、暴发户、有黑道背景等等不靠谱的形象。所以玩弄几个女明星之类的报道，根本不会对他起到任何影响。不过这种新闻要是安在钟启发身上，估计他肯定不答应。所以这些年当资本和娱乐相结合后，我们的企业明显要比钟启发做得更加出色。所以你最终选择我们，还是很有远见的哦。"Sally边说边摸了摸董友文的脸，这样的举动让董友文一阵厌恶。"好了，别看戴茜了。咱们再去其他地方转转吧。等这两天你和她打过交道后就会发现，真实的她和娱乐报道上宣传的那种知性、大气、会照顾身边人的人设完全没有一丝契合度。其实她真不应该去做歌手，而是该去当演员。当然，我并没有贬低演员这个职业的意思，只是说她真的很会演。"尽管Sally在外人面前尽可能展现出一种独有的潘家大夫人的形象，可她骨子里仍旧是个心直口快、爱恨分明的小女人。

她也不知道今天为何会对董友文说这么多，或许是由于自从她决定扮演"潘夫人"这一角色起就已经太久没有与人交过心。她渴望表达，却无处表达。

听完Sally的话，董友文不禁有些愕然。那些在众多少男少女心中璀璨的大明星，那些让他们为之疯狂的偶像，在有钱人眼中竟然只是一件商品而已。他们之所以还能活跃在大众眼前，全仗着合同还未到期。董友文此时很想给正在读大学的表妹打个电话，告诉她好好学习才是正道，不要再试图去妄想当一个被人崇拜的大明星。因为往往他们并没有得到真正的尊重，往往他们才是最可悲、最有时效性的利益牺牲品。然而转念一想，这些话就算告诉表妹又有什么用？她不但不会听，很可能还会给自己扣一顶不支持她梦想、不尊重她偶像的帽子。哎，算了。那就顺其自然吧。每个人要走的路都是必然的，谈不上何为弯路，更谈不上何为死胡同。

紧随Sally再往前走，董友文参观了一楼Sally母亲的主卧以及一间堆满了杂乱花盆的花房。

一楼主卧很大，有一扇小门直通后院。屋内整体装修风格仍旧是外国宫廷复古风，不过摆放在房间正中心的那张King Size双人床却显得尤为扎眼。和正规长方形的双人床不同，这张床是心形的。除此之外，床板处鲜红色的绒面设计更令这间屋子显得尤为诡异。董友文很难想象，这么变态的审美风格居然出自一个60岁女人的手笔。

"虽然我妈比老潘还小几岁，但她这几年膝盖不是很好，所以一楼这间就归她了。旁边那个花房也是她的，里面的花都是从纽约的家里搬来的。客厅公用洗手间对面还有个房间是给刘阿姨住的。这些年她一直照顾我妈，所以也从纽约一道搬来了。总之我妈在一楼活动就行了，也省得爬楼梯了。"Sally说了这么多，多半是在自言自语。自从母亲腿脚不太方便后，Sally的自由空间终于变得大一些了。

Sally低头看了眼手表，"刘阿姨和我妈出去买菜都买了一个多小时了，估计马上就该回来了。"

路过刘阿姨的房间时，Sally推门让董友文看了一眼。董友文没有踏进屋内，只是站在门口粗略一瞥就对比出身为保姆的刘阿姨所住的房间比他和兰芳住的卧室还要大一些。

"行了，一楼看得差不多了。咱们上楼吧。"Sally挽着董友文的胳膊，朝螺旋状的旋转楼梯走去。

与二楼相连接的旋转楼梯明显做了防滑处理，不过看起来却和光滑的大理石面相差无几。站在旋转楼梯上面朝下望去，足以将大半个客厅尽收眼底。

二楼空间仍旧很大，董友文刚走完最后一级阶梯便看到一个开放式的小客厅。之所以叫"小客厅"，完全是与楼下的大厅相比较罢了。事实上，楼上的客厅也非常大。光是随便扫一眼，就看到了一张精致的吧台、一大排酒柜、围成一圈的六人沙发和一个摆放在栏杆旁的台球桌。

"楼上有5间房，先带你看看你住的那间吧。"董友文闻声随Sally朝其中一扇木门走去。

其实他这次来美国，根本没料到潘云富会邀请他住在家里。以董友文现在的身份，尽管在公司做得还不错，但仍旧是名下属。他感激潘云富的邀请，至少就目前来看或许董友文有朝一日真的有机会成为潘云富的左膀右臂。

Sally 为董友文准备的房间，是一间装修风格偏中世纪的卧室。墙上贴满了做旧效果的蓝底碎花墙纸，将那张木质双人床衬托得更加厚实。

"你这间和旁边那间是通着的。"Sally 走进屋内，拉开一扇木门。"喏，这是一个洗手间。穿过洗手间就是戴茜住的房间。"Sally 边说边朝董友文眨眨眼。"她和你不一样。你是我们邀请住在家里的，她是死皮赖脸退掉了给她订好的酒店，愣要和我们住在一起的。说是为了方便记者拍摄，增加报道的真实度。呵，其实呀，她就是想借机接近老潘。不过她的如意算盘打得可不妙，她没料到这次我同老潘一道来了美国。你说她这样是不是竹篮打水一场空？"

董友文被 Sally 问住了。对于这个问题，他回不回答已经不再重要。可重要的是，如果他和戴茜共用一个卫生间，且卫生间左右两侧的两扇房门还分别联通他和戴茜的房间，这样一想还真是有点不太方便。

说话间，Sally 的手机突然响了。她低头一看，是小吴发来的消息。小吴是 Sally 几年前安插在公司总部财务科的人，对于潘云富的资金走向尽管 Sally 当面不问但也并非全然不知。

"Sally 姐，美国时间明天戴茜回北京。"

Sally 看着手机满眼笑意，她略带神秘地对一旁的董友文说："她明天就走了，今晚记得锁好厕所门哦。"

可仅过了不到十秒钟，Sally 脸上的笑容便僵住了。她这样的表情，董友文自然看在眼里。

"出什么事了吗？"董友文关切地问。

只见 Sally 紧锁眉心，冲着手机说道："怎么会这么贵？！你确定账面没有算错？！"

半晌，小吴同样用发语音的形式给 Sally 做了回答。

"Sally 姐，你别生气。其实他们明星就是这样的。为了不让记者拍到，他们都是当天的航班买好几班，然后连续买两三天。因为我听说现在机场和高铁内部的某些员工为了赚些外快，总是偷偷把这些人的信息透露给媒体。所以他们一次性买十几个不同航班，也算是给媒体放烟幕弹。"

"在国内随便飞飞就算了，这可是国际航班！"尽管 Sally 早已不再是当年那个为了生计发愁的小女生，可她对于不必要的钱向来从不乱花。当然，被她包圆的那些艺术品除外。

"是是是，我知道。可咱们和她的合同里明确写着需要替她支付所有食宿及旅费等相关费用。其实这个也怪张律师。虽然这么写没有错，但他应该在合同里明确规范一下具体的额度。我想戴茜就是钻了这个空子，她这样既不用自己花钱又让那些媒体觉得她现在财大气粗，顺道给她提高了一下日后和其他企业合作的出场费。"

Sally 听后真想直接冲下楼去找戴茜理论。尽管 Sally 从来不接触潘云富公司的业务，可她觉得与其给戴茜买十几班飞国内的头等舱还不如把这钱用在产品研发和宣传上。

见 Sally 若有所思的样子，董友文站在一旁没再说话。二人就这样相互沉默了足足一分多钟。或许是终于想清楚了什么，Sally 眼神坚定地看向董友文。"前段时间在木南会所和你说话的人现在在哪家企业做事？"

面对 Sally 突如其来的询问，董友文一时之间有些反应不过来。毕竟距上一次去木南会所，已经是一个多月以前的事了。

董友文没有马上作答，思索片刻后试探性地问："您说的是陈律师？"

"对！就是他！他现在在哪家企业做事？"Sally 又急切地问了一遍。

董友文猜不出 Sally 怎么会突然打听起陈辛的事，难不成他在某处得罪了她，得罪了潘家？董友文小心翼翼地说："他先前在内资所方合工作，之后又在国外 V Chance 做了几年，现在自己开了一家律所，准备在中美两地同时发展。"

"方合和 V Chance？这两家在行业内的水准如何？"

"都是最顶尖的。"

一阵沉默后，Sally 好似终于下定决心，凑到董友文耳边悄声说："5 天后找个时间，我要和他见一面。"

"在美国吗？"

"不，在北京！"

当潘云富终于绕着后院走了小半圈后，他才将手中的手机放下。看样子他心情大好，想必在美国上市的事情已经十拿九稳。

当他呼哧带喘地爬上二楼，正见 Sally 带着董友文参观家中的家庭影院。

家庭影院不是很大，可麻雀虽小五脏俱全。屋内有两排像按摩椅一样的红色真皮座椅，每排 3 把，总共 6 把。每把座椅都可以向后倾斜 150 度，并且纯皮电动椅的右手边还分别放有一个黑色小方桌。

"坐在这里看电影可舒服了，前面那个大屏幕是我们昨天才找人安好的。虽然先前样板房有这样的设计，但他们装的尺寸太小了。"Sally 没注意到身后的潘云富，指着墙上的屏幕骄傲地介绍着。

"你们买的是样板房？"董友文终于明白为什么这栋房子的装修风格如此复古。

"是啊，相当于多交了房价百分之四十的钱。"

"楼下那台斯坦威三角钢琴也是样板房里提供的？"

"挺有眼光嘛！那台也是的！"

直到此时 Sally 才突然意识到，董友文不仅业务能力很强，对待艺术的感知度也并不算低。

Sally 刚准备问董友文对油画有哪些见解时，已经用余光瞟到了站在他们身后的潘云富。

"哎呀，老公。你走路怎么跟小猫似的，无声无息的，吓我一跳。"Sally 瞬间换作一脸娇羞。

"怎么样？都转完了吧？"潘云富一把将 Sally 揽入怀中。

"梦茹的房间和我们的房间还没来得及看，其他地方都看完了。"

"梦茹的就不用看了。"潘云富直接拒绝。"对了，她是明天到吧？她睡房里的家具都买好了吗？"

Sally 在潘云富怀里娇笑。"对对对，你的宝贝女儿明天就到。放心吧，她想要的感觉都已经找人弄好了。"

"哎，自从让她到美国来上大学，我都已经好几个月没见到她了！"潘云富在说这番话时，董友文明显察觉出他内心的不舍与失落。或许这就是一位父亲老来得女后，对女儿的专宠与思念吧。

"好啦好啦。明天就可以见到了，很快了。"Sally 顺势摸了摸潘云富圆鼓鼓的将军肚。

"好，不提这些了。"潘云富将头转向董友文，嗓音洪亮地说，"来，小董。带你看看我的那些宝贝！"

11

地窖中的女人

潘云富打开二楼主卧房门，董友文紧随其后。从主卧阳台朝下望去，将近三亩地的后院实属壮观。直到此时，董友文才真正理解什么叫做雄霸天下、什么叫做一代君王。此时此刻，仿佛正有千军万马站在他脚下，只等他一声号令便甘愿为他付出血的代价。

他终于意识到，潘云富给予他的不仅仅是金钱数额上的增加，更是一种男人独有的视野和格局的逐渐扩大。

"怎么样，小董，这房子还行吧？"董友文仍沉浸在男人应有的豪迈中，潘云富的声音却在身旁响起。

董友文毫不掩饰地赞叹道："好！好！特别好！"

很显然，这正是潘云富愿意听到的。他拍了拍董友文的肩，满意地大笑。

"来，跟我下地窖。给你看看我的藏品！"

原本还站在一旁妙语连珠的Sally一听说他们要下地窖，立即往后退了退。她眼神复杂地看了潘云富一眼，又看了看董友文，最后掉头走开了。

与其说是地窖，不如说是暗道。潘云富在二楼主卧衣帽间的抽屉处随意摸了两把，一道暗门随即缓缓打开。待暗道入口完全开放，董友文目测若以潘云富的身材为测量标准，入道口仅够容他一人通过。

"小董，你先下去。"潘云富肥厚的手掌在董友文肩头一扒拉，董友文险些跌入窖底。

暗道很窄，也很黑。直到董友文摸着墙壁快要走到隧道底部时，潘云富仍旧没有打开照明灯。董友文无数次摸索衣裤口袋，终于想起手机落在了二楼的台球桌台。

很快，董友文的右脚感觉不到前方有何凹陷，想必这下是真的到底了。他回头望了望，仍旧漆黑一片。一种恐怖的念头突然闪现在他脑海里，小时候看过的那些恐怖片中骇人的情节瞬间一一浮现在董友文眼前。

不过这些都还不是最可怕的，最可怕的事情莫过于为何潘云富直到现在还迟迟不肯下来！

哐当一声，董友文在黑暗中撞上了一个东西。他下意识地伸手扶住前方的物体，生怕是潘云富收藏的某件价值连城的古董或是储酒罐之类的易碎容器。然而不扶不要紧，他刚一触及身前的"东西"便不由得打了个冷战。这分明不是物品，而是一个人！

对！没错！站在他面前的是一个人！一个穿戴整齐的，笔直站立的人！

"你是谁？"董友文尽量控制住颤抖的声音，可不论怎么控制，他都惊慌无比！

沉默，无声的沉默。

"你在这里做什么？你怎么会站在这里？"

回答他的，仍旧是一片死寂。

在如此诡异的氛围中，董友文瞬间脑补出一堆恐怖异常的画面。面前这个沉默不语的人究竟是谁？他或她难道是被潘云富关在这里的？难不成这个比自己先进入密室的人就是潘云富所说的收藏品？这个人究竟是生是死？自己会不会很快成为潘云富下一件"藏品"？！

无数个荒诞的念头在董友文心中一一跳过。他感到口干舌燥、天旋地转！他需要逃离这里！必须马上逃离这里！

来不及多想，董友文连滚带爬地踉跄转身摸到来路。就在这千钧一发之际，原本漆黑的地窖忽然被暗道上方忽明忽暗的微弱手电光照亮。透过从入口处东摇西晃照下来的手电光，董友文隐约看到墙面上那一幅幅精美绝伦的画作。尽管此时他的内心仍旧充满恐惧，却在好奇心的驱使下下意识地朝身后瞥了一眼。然而不看不要紧，这一眼望去险些吓得他又一屁股瘫坐在地！

这哪里仅仅只有一个人！他身后足足站着一屋子的人！而且她们都是女人，是穿着旗袍、光着脚丫的女人！

潘云富的声音不急不缓地从上方传来，同时逼近的还有那道被手电光拉长的古怪身影。

"小董？你跑得也太快了。怎么自己先下去了？"潘云富尽量控制着呼吸频率，可这两句话听在董友文耳中却显得阴森无比。

为什么这里会有这么多女人？这些女人都是谁？怎么都不开口说话？难道潘云富想要将我同她们一道困在这里？他究竟想从我身上得到些什么？难道他已经发觉了我的野心？无数个念头在董友文的脑袋里飞快运转着。他觉得一会儿潘云富如若做出对他不利的举动，他应该还有六成把握将其制伏。可这里是美国，这里到处都是潘云富的人。就算他董友文能够成功逃出这间地下室，可接下来又能去往哪里？

那些江湖上广为流传的与潘云富有关的传言，瞬间笼罩着渺小的董友文。潘云富的黑道背景，潘云富靠贩毒起家的经历，潘云富……

想及刚刚 Sally 在入口处那种有话不便说的神情,似乎更加可以支撑董友文此刻的猜测。

当手电光线死死照在董友文脸上,他清楚自己与潘云富的生死对决就在此时!

随着"啪"的一声脆响,董友文全部的思绪瞬间归于平静。光,白皙的光,电灯的光,地窖顶灯的光!

没等董友文向潘云富先发制人,潘云富已经按下墙上的电灯开关。

董友文茫然地看了看潘云富,又回身看了看那些不发一语的"女人",一颗悬着的心总算落回肚里。他暗自庆幸,好在自己刚刚并未做出什么过激之举。

"你小子跑得够快呀。"潘云富靠在墙上喘着粗气。"刚才叫你下去之后我才想起来楼梯边上的灯泡还没得及找人换。等我找到手电,你小子已经没影儿了。"

"不好意思,潘董,我就是太想看看您的藏品了。"董友文擦了一把额头上渗出的冷汗,违心地说。

"怎么样?好好品品。"潘云富朝董友文身后的"女人们"努了努嘴。

董友文这才重新转回身,再次打量起那些给他吓得不轻的"女人"。

与其说是女人,倒不如说是女模特,假人。只不过每个女模特身上都套着不同质地、不同花色、不同年代的旗袍。

董友文对于传承千年的中国刺绣工艺了解不深。他自然看不出那件风格素雅、色彩清新、针法活泼且在领口处绣了一朵牡丹花的青柠色旗袍是苏绣;那件形象逼真、立体感十足的大红色绒线质地的旗袍是湘绣;那件布局饱满、图案繁杂、以真丝绒绣和金银线绣为主的黑底金凤凰图案的旗袍是粤绣;更不知那件看上去光亮平整、色彩明快、针法细腻的湖蓝色旗袍是蜀绣。

满屋子的旗袍花花绿绿,酱紫、樱红、橙橘、靛蓝、翠绿、墨黑、嫣红,五彩斑斓。然而放在最中间的,也就是董友文最初无意间撞上的那个女模特身上所穿的旗袍,却是一件色彩发暗的墨绿色。很显然,这件旗袍的绣法并不是众多旗袍中最独到的一个。就连这件旗袍看上去也毫无年代感,完全没有收藏价值。按照常人的审美,这件看起来并不考究的墨绿色旗袍根本不配与这些绣法精湛的旗袍摆放在一起。董友文苦思冥想,终究猜不出为何这件品相平平的绣衣会被潘云富摆在如此醒目的位置。

正待董友文踌躇之际,潘云富眼含深意地走到那件墨绿色旗袍前。他就那样专注地看着它,眼睛一眨不眨。仿佛它能感知他的心里话,仿佛它与他之间的情分早已不必再多说一句话。就这样静静伫立良久,半响,潘云富总算回归现实。他无奈地摇摇头,不知是对自己还是对那个曾经与这件旗袍有关的女人。

尽管地窖里本无浮灰,可潘云富还是替"她"掸了掸肩头看不见的"尘"。

"走吧。"末了,潘云富终于开口说话。只是他的嗓音听起来有些沙哑。

董友文没有多说什么,随潘云富走出地窖。潘云富从始至终都没有向董友文介绍过他的那些藏品的由来与价值,而董友文已然察觉出,潘云富整个人的情绪和下地窖前已是截然不同。

有时男人就是这样,明明不能看,却还是忍不住想去看。明明可以忘,却不愿遗忘。

董友文不确定那件墨绿色旗袍的主人是谁,但他似乎明白在潘云富心中 Sally 始终无法与那件旗袍的主人相比。因为他很确定这件墨绿色的旗袍不属于 Sally,毕竟它的尺码要比 Sally 身上穿的那件大。

吵闹声从楼下传来,想必是 Sally 的母亲已经回来。董友文理了理衣角,在潘云富的示意下率先独自朝外走去。

都说三个女人一台戏。除去在厨房洗菜的刘阿姨不谈，客厅正中正好坐着Sally、Sally妈和戴茜。令董友文没料到的是，Sally的母亲竟然坐着轮椅。

这是一个看起来极其消瘦的老妇人，并非病态而是刻薄。她年轻时应该很漂亮，但绝对不属于大气的漂亮，而是精明的漂亮，这倒不免和坐在牛皮沙发上的戴茜有几分相像。只见戴茜一副女管家的模样，殷切地向Sally母女展现她的忠诚与崇拜。

Sally的母亲明显很吃这一套，她摆出一副女主人才有的神情高高扬起下巴对戴茜说："喜欢的话可以再多住几天。"

而戴茜却装出一副为难的样子，扭捏道："姐姐招待得如此周到，我倒是想一直住下去呢。只是节目很快就要录制了，我不得不明天就动身回国。"

"哦？明天就走？"老妇人明知故问。

"是呀，机票都已经买好了呢。"

兴许是条件反射，一听到"机票"二字，原本在一旁看两人相互说违心话的Sally突然有些烦躁。她又想起先前和小吴的对话。为了面前这个无比虚伪的女人，他们竟为她多付了那么多钞票。

迫于对新律师的急切需求，Sally终于不再像其他二人那般装作没有看到从楼梯上走下来的董友文。她热情地招呼一声，董友文这才抓准时机，大步向沙发走去。

然而此时在大洋彼岸的另一端，兰芳已经穿戴整齐与刚到店里没一会儿的穆泽在美术馆附近的独立书店碰了面。

和穆泽工作的"取舍书店"相比，这家书店显得更加新派一些。这里不光卖书，更卖一些潮牌玩偶。就比如一进门那个看上去奇奇怪怪的小熊，直接标价￥9999。

这种书店兰芳还是第一次逛，她觉得有些新奇也有些脸红心跳。

比方说现在穆泽手中拿着的这本杂志，就是在一般书店里绝对看不到的。这是一本1995年3月在美国发行的Play Boy的杂志，翻译过来就是"花花公子"。这本杂志的封面照是一个金发红唇的白人女性。她穿着一身金黄色的衣服趴在地上冲着穆泽笑。哦，不对。那金黄色的并非是她的衣服，而仅仅是个与小臂齐长的手套。是的，没错。她没有穿衣服，她光着身体只是戴了一副手套！

"这家书店就是特别牛，像这种露骨的杂志他们也有。"穆泽将杂志随手翻开，第一页是一则广告，Calvin Klein公司登出的香水广告。这瓶香水的外观和现在商场里卖的有些不同，尽管瓶身仍旧是磨砂白，可瓶口处的设计却更像是酒瓶的设计概念。穆泽猜想，这瓶香水应该只能倒在身上涂抹而不是装有按压喷头。

再往后翻，杂志里夹了一张明信片。与明信片相连接的彩色页面上印有一个大大的黄色"The Beatles"字样。"难不成这是披头士乐队演唱会的广告？"可转念一想，不对啊，时间对不上啊。

穆泽仔细读了读页面左下角的文字，终于猜出个大概。

只见杂志上写着：

"It is destined to become one of the most sought after of Beatles memorabilia. For never before in history has a musical tribute of its kind been officially authorized for Beatles' fans. An enduring Limited Edition tribute to one of pop music's most legendary albums…Sgt. Pepper's Lonely Hearts Club Band. The Fab Four are intricately crafted in Tesori Porcelain, a sculptor's blend of powdered porcelain and resins chosen expressly to capture every detail. Meticulously band-painted in psychedelic colors just as you remember them."

这段主要写的就是为了纪念披头士乐队，这家公司特意为他们的铁杆儿歌迷做了一种由水晶罩罩住的四人瓷器人物。从杂志上不难看出，这四个小人制作得栩栩如生。应该是一件不错的工艺品。

接下来在杂志上还印有这件商品的价格，标价为 55 美金。穆泽不清楚在 1995 年那个时代 55 美金对于美国人民来讲算是昂贵还是相对便宜。不过最后那句，"This specially imported Limited Edition bell jar will be closed forever after just 95 casting days."也就是说这件限量版的工艺制品将在 95 天之内停止制作，而且特意标有"永久"字样凸显此物的稀有性。

"真有意思！看来'花花公子'也不单单是色情方面的杂志嘛。"

然而穆泽的话音未落，后面几张图片却令他和兰芳都有些尴尬了。他又向后翻了没几页，便看到整版整版的彩色女性艳照一张接一张地出现在接下来的篇幅里。她们大多全身裸体，即便有些女人穿着衣服可她们的胸部和下体却毫无遮挡地展现在兰芳和穆泽眼前。

这种情况确实有些棘手，毕竟图片太大了，完全是一张又一张头版头条的特写。假如这个时候穆泽"啪"地一下将杂志合上，则显得有点儿太过青涩。不管怎么说，他好歹也是个大老爷们。一旁的兰芳还没怎么看呢，他要是看了几张女人裸体就手足无措也确实够丢人的。

可他要是装作毫不在意也不太现实，毕竟此时孤男寡女、四周又很安静。试想一下，这明明是一次一起出来逛书店、装文艺的健康活动，哪里料到自己随手翻开的杂志竟会如此暴露。

正在他举足无措时，一直默不作声的兰芳突然开口。"看来他们美国人确实是挺开放的，才九几年的杂志就已经这么前卫了。其实我觉得这些杂志拍得挺好的，虽然她们大多没穿衣服，但呈现出的效果并没有让人往歪处想。反而更像是一种赞扬女性自信与魅力的完美诠释。"

穆泽听后连忙点头称是。他没敢回头看她，尽管兰芳恰逢时宜地替二人解了围，但穆泽的心仍旧怦怦乱跳。其实他不回头是明智的，尽管兰芳在说出那番话时语气控制得极为平静，可实际上她的脸颊早已红得发烫了。

"年轻人有眼光！这种杂志目前在圈子里可都是收藏级别的了。"一位中年男子来到二人身旁，看样子应该是个收藏家。

"是……是吗？为什么这么说？"见有人来了，穆泽立即见缝插针地将手中杂志合上。

"你看到封面上的标价没？ 4.95 美金。当年不到 5 块钱的东西，现在已经炒到小 2000 块一本了。这家店的老板还是有些门道的，这几年从国外淘回来不少好东西。像这本品相这么好的，市面上保留下来的估计超不出 10 本。怎么样，小伙子？你准备下手吗？"

"我……"看样子，穆泽仍旧没从刚才的尴尬中缓过神儿来。

"你要是不买，能不能让给我？"中年男人礼貌地伸出右手。

见男人伸手，穆泽想都没想就将杂志递到中年男人手中。

"谢谢你了，小伙子！"男人将杂志打开，仔细检查了一下杂志各个连接处。见保存完好，毫无破损情况，于是满意地走去前台结账。

"这本杂志要将近 2000 块钱？是不是有点太贵了？"穆泽看着男人付钱的背影，暗自嘀咕。

然而他不清楚的是，只要那个男人肯转手，这本杂志分分钟就可以被发烧友们炒到至少 6000 块的价格。更何况中年男子已经集齐 1995 年其余 11 个月的全部 Play Boy 系列杂志了，照这种成套出售的模式估算，指不定还能再翻多少倍呢！

当然，对于兰芳和穆泽这两个对收藏没有概念的年轻人来说，他们自然不懂这其中的门道了。

名为"生活"的画作

12

直至晚饭全部摆上桌，戴茜都没拿正眼瞧董友文。在董友文面前她尽显冷漠，就如同她在媒体前展现的人设一样。明明是狗眼看人低，却被媒体宣扬成这是一种成熟女人在看过世界后少有的淡然。

而她的另一副面孔则与对待董友文大相径庭。她将刘阿姨支开，硬要自己给金主们斟酒。董友文自然不是她服务的对象，因此觉得多少有些尴尬。但这种尴尬也仅限于董友文的内心，毕竟被照顾到的人对戴茜所做的一切都还算满意。

叮当几声响，所有人的手机上都出现了几条娱乐新闻。打开来看，分别是几家不同媒体报道出的一些内容相近的文章。"女王戴茜夜宿富商潘云富家中""歌坛一姐新恋情浮出水面""赴美睡衣门"等等博人眼球的标题恰到好处地在北京时间周六中午时分纷纷占据各大娱乐头条。对于国内的看客来说，这个时间段正好是和朋友聚在一起吃午饭聊八卦的绝佳时机。能在这个时段上头版头条的女艺人想必也为此花了不少钱。

Sally看完新闻，给小吴发了一条消息。"找媒体写文章这笔钱花了多少？"

小吴回复："这个还真不太清楚。很有可能是她们公司自己花钱做的。"

"潘夫人，我敬您一杯。"戴茜端杯走到 Sally 身前。"这几天我和潘董几乎都没说过几句话，这些您可都是看在眼里的。剧情需要嘛，所以才会这么写。您放心，新的代言我一定好好拍。到时也会在几档已经确定下的真人秀里植入咱们的产品。这几天感谢你们的热情款待，真的是很喜欢和你们合作呢，而且我们又那么投缘、那么聊得来。潘夫人您可真是幸福，找了潘先生这样一位好老公，还有这么时髦干练的妈妈陪伴左右。"

在媒体面前一向话不多的戴茜此刻竟然出口成章。Sally 面露微笑与一直弯腰俯身的戴茜碰了一下杯。"合作愉快。"

这种成功人士的交流一直持续到晚上十一点钟才落下帷幕，看得出双方聊得都很愉快。当然，董友文并不属于他们之间的任何一方。时差还没来得及倒的他早就困得有些睁不开眼，当他回到浴室正要挤上牙膏好好洗把脸，戴茜却从另一扇门走出。戴茜的突然出现，不友好地推迟了董友文的洗漱时间。

"你不着急现在洗澡吧？"戴茜完全没有离开的意思。

"我确实有点困了，打算先睡了。"反倒是董友文觉得这样的对话多少有些尴尬。

"你就算再累也没我累呀。我可拍了好几个小时的照片了。"戴茜将浴缸中的活塞堵上，放了热水。完全一副准备泡澡的架势。"你赶紧刷完牙先回屋吧。真不知道他们是怎么安排的，居然两个人共用一个洗手间。"戴茜轻蔑地说道，瞥都没瞥董友文一眼。

戴茜大大方方地褪去外套，反倒打了董友文一个措手不及。"那……那个……"

"你还不出去？难道你想和我一起泡鸳鸯浴？"

"哦……不是不是。那你洗，我一会儿再来。"董友文放下手中的牙刷，慌忙逃离。

虽然董友文尽量让自己看起来还算镇定，可戴茜还是朝着他离去的背影不屑地白了一眼。她觉得 Sally 安排她和这个不起眼的男员工共用一个卫生间简直就是对她的挑衅！

被戴茜赶出来的董友文终于有时间好好看看那些假新闻，他斜倚在床上给兰芳发了一条信息。"老婆，睡了吗？我刚参观完潘董的家。真大，真气派！"事实上他还想再加几句，"你看新闻了吗？其实上面写的那些有关戴茜和潘董的事情都是假的。不过我猜国内各大网站都已经在疯狂议论这件事了吧？这样一来，等于替公司提早曝光，为将来的产品免费打广告了。"

不过，他终究还是没有这样发。

对于董友文来讲，他和兰芳之间不需要出现这种对话。他只要好好保护她、照顾她就够了，像这种充满利益与谎言的虚假花边新闻还是少让兰芳知道的好。

不过等了很久，久到连在浴室扯着破锣嗓子唱歌的戴茜都变得格外安静，董友文还是没有等到兰芳的回复。

董友文看了看时间，推算出国内现在应该是下午三点。"或许她正在上兴趣班，所以不太方便看手机吧？"董友文默默猜想。

然而事实却是，自从兰芳和穆泽成为了朋友，她便再也没有报名参加过任何兴趣班。因为她觉得穆泽很有趣，穆泽身边的朋友也都很有趣。

兰芳确实没有看到董友文发来的信息，从书店出来的她此时此刻正和穆泽一起逛着超市。

"我觉得咱俩挑得差不多了。要不你去看看喜欢喝什么饮料？光有可乐怕是太单调，晚上吃火锅肯定吃得口干舌燥。"

"我不爱喝饮料，这些就可以了。"兰芳回答道。

"那行吧,那就直接回我家。我估计我那帮哥们儿已经都到了。"

热腾腾的火锅在不大的餐桌上冒着热气,锅中食材虽不是最顶级的,可兰芳却感受到了久违的家的气息。

自从董友文正式来到潘云富的公司,他们夫妻二人便聚少离多。起初兰芳还在收到穆泽的邀请时本能拒绝,可时间一久她也渐渐喜欢上和穆泽身边的朋友待在一起。

穆泽的那些朋友普遍都还在上大学,唯有一两个刚刚大学毕业。和他们在一起聊天,兰芳不再拘谨、不会觉得低人一等,更不会质疑自己的兴趣是否太不符合主流价值观。

兰芳很喜欢这种氛围,七八个人在穆泽不大的家中和他父母一起涮着火锅、聊着家常。

说起家,兰芳对于自己的原生家庭没什么好说的,这也是自从她和董友文结婚起便很少回娘家的原因。而董友文的父母也从一开始就没瞧上她,尤其是董友文的母亲。她总觉得兰芳不会做家务,又没有事业,说得难听点就是个拖油瓶。董友文的母亲不止一次当着兰芳的面提起董友文的那位发小。她总是满含笑意地说:"兰芳啊,追我们友文的小姑娘可真是不在少数,就以前和他一起长大的那个晨晨,打小我们两家就觉得他俩般配。一起上学、一起放学,学习成绩和外在形象也很登对。可以说是青梅竹马了。也不知道友文当时是着了什么道儿,非你不娶,看来还是你有福气啊。"

每到这时,兰芳都尴尬得不知道怎么接话。

董友文只要一听到母亲这么说,就会一把搂过兰芳。"人家晨晨现在可是大老板了,早就看不上我了。"

"谁说看不上?她妈妈前段时间还和我通了电话,说那丫头至今没找男朋友,就是因为一直放不下你。再说了,人家姑娘多优秀啊。长得又漂亮,又懂事,又有事业。"尽管董母没有在明面上苛责过兰芳半句,可每每夸完晨晨,她总会意味深长地看向兰芳。

又或许,这意味深长的一眼,只是兰芳自己多心了。

对于兰芳来讲,这几乎是每隔一段时间就会上演的桥段。她觉得羞愧,觉得不自在。可董友文是北京本地的,他们现在又都生活在北京。自从他们结婚起,只要董友文不出差兰芳每周末都会硬着头皮陪他去他父母家。这对兰芳来讲,无比煎熬。

不过现在好了,自从去年年底董父正式退休起,他们二老便开始了环球旅行。再加上友文越来越忙,兰芳终于不用再去他父母那儿听他妈夸那位挑不出任何瑕疵的、她心目中最适合的儿媳。

"还要不要喝饮料?"穆泽的母亲将大瓶可乐高高举起。

"不用了,阿姨,都还有呢。"其中一个一直戴着黑色棒球帽的男生一边大口吃肉一边头也没抬地说。

兰芳觉得这种氛围真好,没有假客气,一切都很舒心。

"那我放这儿了,你们谁要喝就自己倒。喝来喝去,还是喝不惯可乐,还是我的碧螺春最好喝。"穆泽的母亲将可乐放在一旁的矮柜上,端起烫手的茶杯抿了抿。

"说起喝茶,我还真有些研究。"一听说穆母喜欢喝茶,其中一个穿白帽衫的男生撸起袖子,准备高谈阔论一番。

众人见状,纷纷来了兴致。有人起哄说:"来吧,张衡。快快开始你的表演!"

名叫张衡的男生毫不客气,清了清嗓子缓缓说道:"咱们中国的茶,大体分为以下几种:绿茶、红茶、乌龙茶、黄茶、白茶还有黑茶。像阿姨喜欢喝的碧螺春,就属于绿茶。"

其中一个戴眼镜的女生随口说道:"红茶和绿茶我们都知道,几乎天天喝蜂蜜绿茶和柠檬红茶。你刚才说的黑茶和白茶又是什么茶?"

张衡听罢,一副学究模样。"你说的柠檬红茶和蜂蜜绿茶已经不是传统意义上的红茶和绿茶了,你说的叫做配茶。就比如奶茶,也算是配茶。要是说起品茶,我个人最喜欢白茶。由于白茶的加工工序最简单,只是采摘后先由日光晒随后烘烤一下即可,所以口感上来讲它最为清淡也最能感觉到回甘。再加上白茶有退热降火的功效,对于养肝护肝来讲也是极好。"

戴眼镜的女生听完,一脸崇拜地看向张衡。"你知道的可真多!那黑茶又是什么?"

"说起'黑茶',就不得不提到'藏茶'。藏茶属于黑茶的鼻祖,制作工艺极其复杂。由于黑茶属于发酵茶,所以收藏价值极高。据说当年有不少盗墓团伙不要墓里的冥器,专去挖那些陪葬的老茶!要说黑茶的营养价值,那是颇高的,所以价格自然也不便宜。"

众人听罢,饶有兴致地频频点头。

"光有好茶还不够,都说'好茶配好壶'。有一口好茶壶也是非常关键的。"张衡继续给在座的同学普及茶道知识。"其实啊,我觉得咱们中国的学校就该给学生开设一门与茶叶相关的课程。咱们中国人喝了几千年的茶,可现在真正会沏茶、懂品茶的人又有多少?!哎,有时想想也真是可悲可叹!"张衡皱了皱眉,继续说。"说起茶壶,就不得不提起供春壶。可能大家觉得这个名字比较陌生,但要是说起紫砂壶想必大家就都知道了。紫砂壶的好处不言而喻,透气性好,留香极佳。要说起供春,正可谓是紫砂壶的鼻祖,想当年……"

正在张衡滔滔不绝地介绍供春壶的来历时,兰芳的手机亮了一下。她拿起一看，是妈妈发来的消息。

她没有在原位回复信息，而是独自一人朝没人处走去。

"给我转1000块钱来。张阿姨从上海儿子家回来了，我们几个人凑在一起打麻将呢。"

"你们随便玩玩就行了，怎么现在还玩上钱了？"兰芳皱紧眉头，按下文字。

"哎呀，这不都退休了嘛。把你们养大容易吗？好不容易轻松轻松，还要被你教育？！"另一头的兰芳妈一见女儿这么说，赶紧将原本发送语音的模式转成打字模式。其实她也不是非得管兰芳要这一千块钱，主要是牌友在牌桌上吹嘘了半天自己儿子多么多么孝顺，兰芳妈气不过，也想在众牌友面前显摆一下，让她们觉得自己在北京生活的女儿同样孝顺无比。

"你又不是没有退休金。"兰芳据理力争。

"怎么管你要点钱就这么费劲啊！我和你爸给你养大总共花了多少钱？我们都还没找你要呢！现在让你打1000块钱你就教育这个教育那个的！现在不都时兴微信转账了嘛，谁兜里还揣着那么多现金啊！你赶紧打过来吧，好不容易跟你开一次口瞧给你心疼的！"要不是碍于周围人太多，兰母真想直接拨通电话臭骂女儿一顿。

"小芳妈，你还摸不摸牌了？"见兰芳妈一直拿着手机打字，穿红衣服的大妈赶忙催她。

"就是啊，小芳妈，女儿这是给你转了多少钱啊，瞧你这眼睛不离手机的样子，快点先摸牌吧。"刚从上海儿子家回来的大妈也开口说话。"说起来你女儿也算是考进大城市了。现在在什么单位工作啊？每个月给不给你们零花钱呀？我这次去上海住了小半年，我儿子和儿媳招待得那叫一个周到！不仅房子宽敞、舒服，他们小两口每个礼拜还给我500块钱零花钱。像一般买菜和做饭的事家里小保姆都管了,所以这500块钱我真是没处花!"

尽管包括兰芳妈在内的三个牌友都听出了此人强烈的炫耀成分,可谁叫自家孩子不争气,从没给过她们零用钱?所以即便听着不舒服,其他三人也都没有底气打断她。

兰芳看着妈妈发来的一长段批判性质的文字没再多说,不太情愿地给妈妈转了1000块钱过去。

"真够抠门的!让你打一千你就不知道打两千!没见过你这么不懂事的孩子!刚才你张阿姨还说呢,她这次去儿子家住,人家小两口给她招待得别提多周到了。各种买衣服,去大饭店下馆子。你再看看你,成天也不知道赚点钱,就天天在家躺着。我怎么就生了你这么个没出息的货!行了,懒得跟你说了,你自己好好想想吧!"

发完这段文字后兰母心里的火不但没有压下来,反而越想越来气。说到底,她就是恨铁不成钢!她觉得自家闺女各方面条件都不比别人差,可不知道为什么兰芳就是不求上进。大把赚钱的机会摆在她面前全都把握不住。遥想当年她和丈夫为了把兰芳拉扯大,成天求爷爷告奶奶地给领导点头哈腰,希望能够保住饭碗、熬熬年头谋个二把手。她觉得自己和老公为了这个小家所付出的努力女儿应该都看在眼里啊!可为什么他们含辛茹苦把兰芳养大,这孩子却这般不争气?!

然而兰母不知道的是,正是由于兰芳从小看惯了父母面对领导时的低声下气,导致她暗自发誓,将来一定不做金钱的奴隶!

或许这就是兰芳厌恶"金钱"和"权力"的最大原因吧。从小到大,她在家里听到父母谈论最多的话题就是钱。怎么省钱?怎么攒钱?怎么凑钱?怎么赚钱?或许是逆反心理,久而久之兰芳便长成一副寡淡之性。她本能地厌恶那些金钱至上的人,在她的内心深处,人们的生活应该充满爱、充满理想、充满所有精神层面的东西,而不是满脑子只剩"钱!钱!钱!"就算生活得不太富足又能如何?只要精神世界愉快了、充实了,人生才算是真正的完整啊!

退出和妈妈聊天的对话框,兰芳这才看到董友文发来的信息。

"老婆,睡了吗?我刚参观完潘董的家。真大,真气派!"

真大?真气派?这又是一件和金钱挂钩的、表面浮华的事情!盯着手机屏幕,兰芳不知应当回些什么。她不愿欺骗友文说自己已经睡下,可又担心如果告知他自己还没睡,他会向她发起视频通话。索性这样,不如直接关机。

她希望这个夜晚是纯粹的、是可以几个人围坐在陈旧的家具旁充满激情地畅谈人生的、是不被自己那庸俗的母亲打扰的、是没有婚姻束缚的!

再次回到热腾腾的火锅旁,张衡已经将袖口放下,安安静静地坐在那里埋头吃肉了。而此时侃侃而谈的则是刚刚那个戴眼镜的女生。

"对于他们二人的绘画水平及绘画技巧,早已是神来之笔。但为什么他们画的明明是同一个女人,可两幅画中女人的神态和气质却完全不同?我想这不仅是他们对于女人有着不同层面的理解,更多的是他们内心深处对于此女有着不一样的情愫。"

尽管兰芳没有听到开头,可她已经猜出女孩所说的是哪两幅作品。对于油画,兰芳多少有些研究。通过女生的讲述不难猜出,女孩刚刚所说的那两位大师应该是18世纪英国著名画家雷诺兹和庚斯博罗。

雷诺兹属于古典派,而他在画作上的劲敌庚斯博罗却更喜创新。他们二人曾同为英国著名悲剧女演员西顿夫人画过像,但两幅画作所呈现出的效果却大相径庭。

雷诺兹笔下的西顿夫人,显得更有距离感也更为冷艳。而庚斯博罗笔下的西顿夫人则在不失高贵的基础上显得更有温度。

显然二者在绘画技巧上不分伯仲，唯一的差别在于他们对于同一女人气质上的不同把控，以及他们内心深处对于女人产生的不同理解。

往深了说，这又何尝不是夫妻生活的一种体现？尽管兰芳和董友文已是夫妻，可她和他的价值观已经渐行渐远。正如同她的原生家庭，他们都在为了金钱活，而她却不愿这样活。他们谁都没有错，只是站在不同的立场去创作这幅名为"生活"的画作时，运用了不同风格、填上了不同颜色。

"兰芳啊。"正当兰芳将这两幅名画与自己的人生相互对照时，左肩头被人轻轻拍了一下。

兰芳回过身，见穆母正一脸慈祥地看着她。

"来，跟阿姨来。"穆母神秘一笑，领着兰芳进入不大的主卧房。"阿姨看得出，你和我儿子是好朋友。"说话间，穆母从床头柜最底层的抽屉里小心翼翼地取出一个紫檀木盒。"阿姨有个礼物要送给你，是我亲手做的。"

(三) 名为「生活」的画作

13

卷发女孩

拉杆箱的辘轳与地面摩擦的声音透过门缝飘进董友文耳中，这一晚董友文睡得实在不踏实。

"戴茜终于走了！"董友文暗自窃喜。

他看了一眼手机，显示已经上午9点钟。打开手机中那些未读信息，大部分都是与工作相关的。董友文专门找到兰芳的头像，看到上面只是简单写了几个字。"我睡了，晚安。"

本以为戴茜马上就会离开，没想到她在潘家吃过午饭才走。她没有搭乘凌晨那趟直飞北京的班机，而是选择去外州转机。戴茜前脚刚走不到半个小时，潘云富的宝贝千金就被司机平安接回府邸。董友文暗想："时间把控得可真好。"

从潘梦茹下车，到和所有人进屋打完招呼，整个过程中潘云富的嘴就没合上过。他一直陪在女儿身侧，除了仔细端详女儿最近瘦了还是胖了，就一直冲着女儿咧嘴笑。一种慈父般的神态由内而外毫无保留地散发着，潘云富此刻的状态是董友文从未见过的。

潘梦茹很美，这是她给董友文最直观的印象。她穿了一件奶白色的半身长裙，上面配了一件一字领露肩碎花衣。她的头发长长的、弯弯的。董友文猜测，她的头发应该没有烫过，而是和她父亲一样都是天生的自然卷。

潘梦茹美归美，可如果仅仅用"美"来形容她则显得太过肤浅了。她的美夹杂着毫不冲突的自信与纯粹，并非高处不胜寒但多少给人一种只可远观而不可亵玩的疏离感。她给人的感觉并不是小家碧玉般需要有男人保护在身侧的柔弱美，反而更像是一种自己本就冰清玉洁所以旁人自然会敬重三分的高贵。

"你好，我是潘梦茹。"没等董友文开口，潘梦茹便大方伸出右手。

"你好，我是潘董的下属，董友文。"

"在这里不分职务，只要住在家里大家就都是朋友。"

与潘梦茹站得如此之近，董友文根本无法逃离她那双楚楚动人的眼睛。

"梦茹啊。"潘云富的声音从楼梯边传来，由于太过肥胖他紧赶慢赶还是没有潘梦茹走得快。

"怎么了，爸爸？"潘梦茹抽回右手，回头看向父亲。

"你这次准备住多久呀？老爸跟你说，你别看拉斯维加斯这座城市不大，但好玩儿的可多了去了。咱们可以第一个礼拜……"

"你就别安排了，我总共也只在这边住 3 天。"出乎潘云富意料，女儿居然打断了他的话。

想想看，女儿在美国满打满算才将将上了一个学期的课，可潘云富才刚见到女儿没一会儿就觉得女儿的变化已经非常明显。先不说她以前的性格属于那种说话慢条斯理、从不顶嘴抢话的类型，就光说她今天这身打扮，虽然看上去也没什么不妥，可半年前的潘梦茹是打死都不会穿露肩衣服的。"难道女儿变了？变得开放了？变得和外国小孩一样对什么都无所谓了？"潘云富越想越后怕，这还是自己那个不经世事的小公主吗？

"怎么就住三天？你不是放两个多月的假吗？"潘云富急忙追问。

"总共确实是两个多月的假期没错，可是我报了6个星期的暑期课，所以算下来我能玩的时间也就只有两三个礼拜而已。"

"两三个礼拜也够了呀，你就在拉斯维加斯住上三个礼拜！"潘云富仍旧据理力争。

潘梦茹摇摇头，"我打算坐邮轮去其他地方转转。比如阿拉斯加，比如加勒比海。实在不行就近去趟墨西哥也行。"

"你跟同学约好了？"

"不用约，我打算自己一个人旅行。"

"哎呀呀，我的小祖宗啊！"潘云富听后差点没有背过气。"你一个女孩子家，一个人出去我怎么放心得下！再说了，万一在海上出点事可怎么办？还有啊……"

"你要这么说，那我干脆别出来留学了。我觉得这边挺安全的，根本不像以前看到的那些报道说什么老有枪击案什么的。再说了，我又不是坐小帆船出海，那些大邮轮可比当年的泰坦尼克号还要大上三四倍呢。"

被女儿一教育，潘云富张着大嘴半晌没说出一个字。

"你就放心吧。我打算一会儿查查票，这段时间一直忙着期末论文，都没顾上研究航线呢。"

"你……你最好是买不到票，这样你就哪儿也不用去了，老老实实在家多陪我几天。"潘云富左顾右盼找寻着跟随了他十几年的安保人员，可是看了一圈才发现这次出门根本没将这群人带在身边。他想了想，一脸严肃地看了看董友文。"你自己出去老爸实在不放心。要真是非去不可，就让小董陪着你。身边多少也算有个照应，要真是出了什么突发状况他一个大男人也能保护得了你。"

其实话一出口，潘云富就有些后悔了。倘若在海上真出了什么意外，就算董友文有三头六臂也保护不了他的宝贝闺女啊！更何况让他们孤男寡女一起出行，如何提防董友文这小子不起色心？可话又说回来，通过这几个月对董友文的观察，潘云富觉得他各方面的能力还是很强的。再加上这小子做事非常稳，为人也不张扬，有他陪在自己女儿身边应该也还算有些保障。

潘云富总算是自己将自己安抚好了，可一旁的潘梦茹和董友文却连忙摆手。

"我……"潘梦茹看了一眼董友文，"我只是想自己一个人去旅行，再说我和董先生才第一次见面，万一他有其他安排总让他陪着也不太合适。"

"他能有什么安排。"潘云富冲董友文说道，"小董啊，你接下来的工作全面暂停，就好好陪我女儿去航海！年轻人想出去转转也是好事，你一定要替我确保她的安全！"

"好的，董事长。"董友文只得应允。

"要不还是我和妈妈一起去吧。"潘梦茹有些害羞地低下了头。

"你妈最近也很忙，她明天就回北京了。"

"那……"

"好了，就这么定了，要么小董和你一起去，要么你就待在这里哪儿都不许去。"

尽管潘梦茹知道父亲溺爱自己，但基本上他做的决定也很难更改。潘梦茹看了一眼董友文，将头重重点下，算是答应。

"来，小董。跟我去车库。"潘云富挥了挥手，示意董友文跟上。

潘梦茹见二人下了楼，关上房门躲进屋里。她紧靠木门，清晰地感受到自己怦怦乱撞的心跳。"一见钟情？自己居然对那个名叫董友文的男人产生了从未有过的心动的感觉！"

潘梦茹缓缓走到床边坐下，试图让自己快快冷静。究竟他有什么吸引力？是因为他的长相、身材，还是……？不！不是因为这些外在的东西。潘梦茹能够从董友文的身上感受到一种成熟男人特有的魅力，这种魅力与她在学校接触的同龄男生极其不同。她喜欢成熟男人。是的，她喜欢上了这个只见过一次面的成熟男人！

他文雅、大气、干练又不张扬。

从小就觉得爸妈年龄差距太大算不上般配的她，一直希望自己将来的伴侣是一位和自己年龄相差不大的帅气男人。然而董友文的意外出现，刚好填补了潘梦茹对于理想男人的部分幻想。

无数个被放大的优点瞬间充斥在潘梦茹的脑袋里。想明白这些后，潘梦茹有些兴奋地打开电脑。她需要抓紧时间订票，为了她和他第一次从天而降的旅行！

潘云富家的车库很大。一边是可以停四辆车的大一点的车库，另一边稍微小一点可以停两辆。

"选一个吧。这几天司机要送我去参加几个宴会，平时梦茹的出行就由你负责了。"看样子，潘云富好像真的很放心董友文。

董友文看着眼前并排停放的几辆车，知道它们全都价格不菲。思索片刻，他指了指停在最左侧的那辆纯黑色的超大越野车。"这辆可以吗？"

"哈哈哈哈！你小子好眼力！"顺着董友文指尖方向望去，他所指的是一辆外形近似军用装甲车的骑士十五世（Knight XV）。"人们常说每个男人都渴望拥有一辆属于自己的越野车，这辆骑士十五世光定做就耗费了相当长的时间。连我自己都还没有上手开过，没想到居然让你小子抢先一步尝了鲜！"

潘云富从墙上众多车钥匙中选出 Knight XV 的专属钥匙递给董友文。

"过来看看我选的内饰。"说话间,潘云富将车门拉开。他拉的不是前门,而是后门。

董友文凑身望去,只见后排座椅均为明艳的橙黄色。两个座椅看起来非常宽大,几乎和飞机商务舱的感觉近乎一致。

"梦茹喜欢吃橘子,也喜欢橙色,所以我们家几乎所有车的座椅都改成了橘黄色。"

"潘董,谢谢您对我的信任!您放心,这一路就算我豁出性命也会保证潘小姐的安全!"董友文突然正了正身,一脸诚恳。

"瞧你小子说的,好像真会出什么事儿一样。"潘云富用手抹了一把脸,感叹道:"孩子大了,做家长的也该学着放手了。其实梦茹想出去转转也是好事,你就当作是公司给你放假了。这三个月你跟着我忙前忙后的一直绷着根弦,出去玩玩也好,全程费用公司来出,就当是给你提前发奖金了。"

"谢谢潘董!谢谢潘董!"董友文连说两声"谢谢",其实他并非想借此机会出去玩,而是再次感谢潘云富对他的认可。

当天晚上潘云富得知女儿已经成功买到两张票,于是他在女儿房间待到好晚才走,只为和女儿多聊一会儿天。

说起订票,原本潘梦茹打算给自己订一间豪华套房。豪华套房的总面积大约在每间90多平方米,除了室内的卧室、客厅、吧台、卫生间及储物间外,客厅外还连着一个开放式的阳台。这个阳台很大,呈弧形。基本上这种房型不会建于船身两侧,而是建在邮轮尾部。邮轮尾部左右两边最靠角的位置,正好满足了旅客站在弧形阳台上既可以看到船尾的整片大海,又可以看到船身一侧的大海。正因有这样别致的设计,旅客不用走上甲板也能一览海洋的神秘与广阔!

尽管豪华套房的价格相对昂贵，但由于房间数量稀少，竟已全部售罄。无奈，潘梦茹只得替自己和董友文分别订了一间带小阳台的普通标间。

第二天董友文从ATM机中取出等值现钞递给潘梦茹，却被她婉言拒绝。"没事的，这钱你收着吧，到了船上请我吃一顿海鲜大餐就好啦。"

董友文听后虽不想欠潘梦茹这个人情，却也只得答应。不过令董友文没料到的是，在邮轮上开设的大部分西餐厅都是免费供应餐食的。不论是龙虾大餐还是牛排大餐，只要不点酒水、饮料，基本上所有伙食费用全部涵盖在船票里。当然，这些都是在他上船后才知晓的。

三天时间很快过去。在他们准备出发去码头的前一天，董友文帮潘梦茹将行李搬下楼时，正巧看到了潘梦茹卧室的全貌。

董友文想象不出应该用什么样的词去形容这样的室内布局。因为除了简单，真的只剩简单。房间内不论墙壁还是地板，就连家具都是色彩单一的纯白。尽管卧室很大，但里面的家具却出奇的少。董友文只看到一个单人用的纯白色小衣柜、一个约为一米长的纯白色小书桌、一个摆放在书桌下的纯白色小圆凳和一个摆放在房间正中心的仅有一米二宽的纯白色单人床。

这样的布局不免显得有些大材小用，毕竟房间够大理应买个双人床。

"你是不是觉得很奇怪？"潘梦茹仿佛窥探出董友文的内心一般，歪着小脑袋看他。

"倒不是奇怪，只是……"董友文不好意思地想要辩解几句，毕竟这样直愣愣地盯着别人的卧房实在是不太礼貌。

"因为我觉得单人床更有安全感，所以我在明天的邮轮上订的那间房也是两张单人床。再说了，我又不胖，一个人也睡不到两个人的位置。"

"可为什么所有家具都毫无色彩？"

"有色彩不一定非是五颜六色，白色同样也是很美的一种色彩。虽说它们表面上都是纯白，但只要我心中绚丽多彩，它们就会变得格外绚烂。"

是啊，多么简单的道理，多么纯粹的布局。这种感觉对董友文来说有些似曾相识。尽管这些年变得逐渐淡去，可董友文还是从中找寻到了兰芳的气息。

如果非要将这种熟悉感说得再精准一些，应该是董友文初见刚入学时的兰芳所散发出的独有气息。

仔细想想，那时候的兰芳应该和现在的潘梦茹同龄。

遥想当年，董友文第一次见到兰芳时，就觉得这个女生很单纯、很直接、很纯粹。她不会拐弯抹角，更不会搬弄是非。能令她感兴趣的事物并不多，所以她的杂念自然少到几乎看不见。可是为什么这些年董友文逐渐感受不到这种感觉了？是因为自己太久没有和她心对心地交流，还是说即便他将她保护得再好，她也终究还是会改变？

董友文清楚，人都会变。只是他不希望兰芳变。很长一段时间，他总是自私地希望兰芳不会因为这个世界的改变而改变。他很清楚，自己将兰芳一直保护得很好不仅仅是出于他对她的爱和身为一个已婚男人的责任感。在他的内心深处，他真正想要保护的其实远不止表面看上去的那么简单……

127 卷发女孩

14

病床上的坚强

一缕强光如锥子般刺入关丽娜眼底，连续两个多月来她早已分不清这究竟是耀眼的阳光还是王医生手中的手电光。

她病了，而且病得不轻。自从上次和董友文在美国阔别没多久就在单位例行的年度体检中发现部分指标异常，进一步检查后被医生告知她已经是子宫癌晚期。

得知这一消息，关丽娜的人生彻底坠入谷底。她在网上疯狂搜索有关子宫癌的信息，成天追着王医生不放，可即便她再怎么努力，得到的答案都指向她的诊断结果准确无疑。

"可是不应该呀，网上写的一般只有50岁到60岁的女性才会得这个病！我还不到30岁，还这么年轻……"关丽娜始终无法接受这个残酷的事实。

"你查到的没有错，但凡事都有个例。"王医生仍旧耐着性子回答面前这个脆弱的女子。

"可是……怎么会毫无征兆呢？！"关丽娜仍旧不死心。

"这个前期反应确实不会太明显，但你阴道出血的事你自己不是也知道嘛。"

"这些年我的月经一直来得不准时,我怎么会想到是子宫出了问题,我还以为只是经期不准而已。再说了,也没有流很多血呀,怎么可能一下子就变成晚期……"

看着关丽娜一天天消瘦下去,王医生清楚她的离开也只是时间问题。

"也有可能是性生活不卫生引起的,得这个病的原因也和生活方式有很大关系。"

听到这样的回答,关丽娜不再言语。

为了在公司中的地位更加稳固,为了让自己看起来更加成功,为了很多很多她已经忘记初衷的缘由,她确实出卖过自己的身体。可是,一切怎么可以这么突然?她只是想要努力过上自己想要的生活而已,身为一个女人能够用到的方法不就本是这般寥寥无几?

见关丽娜沉默不语,王医生怕再刺激到她敏感的情绪。于是安慰道:"虽然是晚期,但也不是没有救治的可能性。我曾经就接触过一个病人,她当年也是晚期,但她心态很好积极配合治疗,最后又坚强地活了20多年。所以你也不要太过焦虑,既然来到医院就积极配合治疗。相信我们,也要相信你自己!"

"一定要化疗吗?"关丽娜无助地望向王医生。

"是的,这是目前我们开会讨论出的最佳治疗方案。"

"那我是不是就更瘦了?就像电视里演的那样,头发都掉光了,像个马上就要死去的骷髅架子?"

"倒也不能这么说,毕竟你还年轻,肯定越早治疗恢复起来就越快。不过得病了难免会有生病的症状,消瘦和脱发是肯定的。"

关丽娜听后眼角再次泛起泪光,她谢过王医生后默默站起身,独自一人摇晃着单薄的身子朝病床方向走去。看着她离去的背影,王医生摇摇头,重重地叹了一口气。

病床旁的小矮柜上堆放了很多本书,这些书全部都是钟启发派人送来的。

这些书大多都是一些哲学性很强的书,是那种容易让人看完彻底困惑或瞬间参透天机的书。

这期间钟启发和关丽娜总共通过3次电话。谈话内容基本如下:

"你好好养病,公司的事不用过多惦记。你放心,我给你按带薪休假算,等你病好了这个位置还属于你。"

"人活一世,哪会事事顺心。遇到问题不要慌、不要太消极,很多时候我们觉得内心脆弱,全是正常现象。不要觉得这样很丢人,不要过于压抑自己。直面自己的脆弱与无助,才能从中获取更多惊人的潜力!"

"我叫人拿给你的那些书,趁着这段时间好好读。"

直到这一刻,关丽娜才切身感受到这个凡事用尽机关算计的老板钟启发,才是自己身边最有血有肉的一个人。她得病的消息几乎全公司的人都陆陆续续听到风声,可他们没有给她打过一通关心的电话,没有发过一条慰问的消息,更别提主动到医院看望一下她。关丽娜很清楚,在这些人的心里早已默认了一个事实——关丽娜已经被钟启发彻底淘汰出局。

关丽娜不曾想过,那几个曾经和她打得火热的公司高管,在得知她得了子宫癌晚期后都背着家人偷偷去医院做了检查,生怕自己也染上什么不该得的病。

什么是哲学?什么是看待事物的两面性?也许只有当一个人在病入膏肓时,才有时间、有心思去参悟何为人性。

钟启发给她的那些书,她基本都看完了。即便很多看不太懂,可她还是按照自己的理解试着把它们一一参透。

既然她的生命就快要走到尽头,既然前方的路已不再好走,那她何不真真正正勇敢一回？她要在自己尚还能有一些力气时，把自己想做的、要做的、能做的全都做掉！而她第一个想要去接近的人自然就是董友文——这个她爱了将近10年的男人。

她想要再见到他，哪怕……只是简单地一起说说话。

病床上的坚强

15

贤妻标配

"听说你下个月就要开始实习了？"张衡摆出一副八卦脸，准备打探一下赵娆毕业后的就业方向。

"是啊，你听谁说的？其实我还没有考虑好，毕竟论文还没写完呢。"

"论文的事不着急，大家都没写好呢。我觉得能有公司给你提前实习的机会非常难得，你还是要好好把握。工作经验是一方面，但更重要的是你应该先提前进去了解一下公司环境、公司待遇，这些和将来收入挂钩的事情才是人生大事。"

"是啊，是啊。我觉得张衡说得很对，咱们费了半天劲去参加高考，考上大学，不就是为了日后能有一份赚大钱的工作嘛。"另一个女生也在一旁附和。

于是聊着聊着，这几个和穆泽同龄的即将毕业的大学生已经将话题从最初的"追求理想"变成了现在的"追求收入"。

其实不论哪个时代，不论哪个年龄，追求金钱总归都是正常现象。从身为兰芳学长的董友文，到和她同届的关丽娜，再到比她小半轮的穆泽的这些同学，所有这些人都热爱钱，都追逐钱。可是唯一不同的是，这些人或许只为他们自己追逐，而董友文却是为了能给兰芳提供更优质的生活而追逐。

想到这儿，兰芳终于意识到这些年并不是董友文变了，而是自己错了。

她终于试着理解董友文、理解关丽娜，甚至理解自己的父母。她之所以能够拥有今天这般接近无忧无虑的生活，全是仰仗着父母和友文对她的照顾。和眼前这些比她年轻6岁的大学生相比，兰芳发觉自己竟然如此幼稚。

她突然有一种感觉，一种想要离开他们赶紧回家的感觉。或许在这个世界上只有友文才能无条件地包容她的一切，而这些陪她度过数月美好时光的大学生们也终有长大的一天。等他们长大了、成熟了，应该也就意识到兰芳的无趣和无用了。

兰芳和社会已经有些脱节，她清楚这一点，只是她不愿再去尝试改变。她早已习惯在家养尊处优，即便她没有什么欲求，即便大部分时间她只是一个人在家中孤单度过。可她明白，自己早已丧失了与外界竞争的勇气。

此刻的她只想安安静静回到家中，用她安逸的后半生继续做那个被董友文宠爱的妻子。

想明白这些后兰芳决定给关丽娜打个电话。她想告诉她，自己决定听从她的建议，为董友文生个孩子，她希望日后关丽娜可以成为孩子的干妈。但兰芳此刻更加希望关丽娜可以陪她去买一本菜谱，并来家里教教她。

兰芳怀揣着对未来无限美好的期许，掏出手机拨通了关丽娜的号码。可是她足足打了三遍，关丽娜始终没有接听。

"或许她正在忙吧。"放下手机，兰芳与穆泽等人道了别，独自打车去向商场。

她决定从今天起便开始尝试自己做饭。既然她已经决定自己的后半生不去外面打拼，那她接下来要做的就是尽快适应成为一名贤妻。她还记得董友文当年给她的承诺，"面包"和"爱情"董友文都兑现了。至于兰芳所向往的"诗和远方"，就留到替董友文做完晚饭、养完孩子后再去追寻吧！

怀揣着对未来生活的憧憬，兰芳一口气买了5本与做饭相关的书籍。翻开第一本书的第一页，上面显示的是一道名为"酸甜肥牛卷"的荤菜。

其实这道"酸甜肥牛卷"做起来一点都不费劲，对于有做饭基础的人来说，完全属于一看就会。无非就是简单四步：准备食材、下锅炸肉、调制酱汁、关火出锅。

可是对于兰芳来讲，书上的内容却复杂得要命。按照先后步骤：首先将白萝卜洗净去皮切成小长条并放入沸水中焯熟。紧接着将青椒、红椒和洋葱切成均匀的长条放在一旁备用。随后将解冻后的肥牛卷均匀地在案板上逐个摊开，如果想顺便吸掉一些血水，也可将肥牛卷平铺在加厚纸巾上。当这些准备工作做好后，将焯熟的白萝卜条依次卷入肥牛卷。正常情况下，一块白萝卜条搭配一片肥牛卷是非常合适的。紧接着将卷好白萝卜的肥牛卷挨个蘸满淀粉和蛋液放在一旁备用。起锅烧油，等锅中油温差不多烧热，插进一根筷子可以明显看到周围有小气泡产生时，就可以将切好的青椒、红椒和洋葱放入锅中炸至变软，随后捞出控油。接下来，将裹好淀粉和蛋液的肥牛卷放入油锅中炸至表皮微黄。全部炸好后，将肥牛卷捞出控油，并重新拿一个干净的炒菜锅烧制酱汁。酱汁的配料包含：淀粉、生抽、醋、红糖、味淋和少许食盐。当炒菜锅有些发烫时，将这些佐料一并倒进锅中并用锅铲一直顺时针搅拌避免煳锅。看到酱汁变得黏稠且咕嘟咕嘟冒大泡，就可以将肥牛卷和青椒等配菜一齐倒入锅中翻炒。等所有食材全部均匀蘸上酱汁后，再关火盛盘。

制作这道"酸甜肥牛卷"与制作"糖醋里脊"和"菠萝咕咾肉"的步骤大同小异。只要学会其中一种，其他菜品均可根据自己的口味进行尝试、创新。

别看兰芳经常去外面上一些手工艺课程，可她在烹饪方面却毫无天赋。她就这样认死理儿地按照菜谱上规定的比例,非要将白萝卜条切成长为3厘米、高为1厘米、宽为1厘米的教材标配。对于刀工完全不在行的她来讲,硬是拿着尺子一边测量一边切了足足一个小时。

好在功夫不负有心人,四个多小时后,兰芳总算将这道菜盛盘出锅。此时的她,早已累得精疲力尽。看着灶台上四处喷溅的油渍,兰芳再无力气收拾。她瘫坐在餐桌旁,夹起一块肥牛卷机械地放进嘴里。

"嗯?味道居然很不错!"出乎兰芳意料,她没想到自己第一次做如此复杂的菜,居然做得如此成功。"看来照着菜谱一比一地制作,果真不会出错!"

有了这次成功的做饭体验,兰芳对于接下来成为一名贤妻良母充满信心。她决定要在今后每一个属于她和友文的日子里,为她最爱的男人变着法地将这5本菜谱上的菜肴学好、学精!

贤妻标配

500 Miles

If you miss the train I'm on

You will know that I am gone

You can hear the whistle blow a hundred miles

——Justin Timberlake

Carey Mulligan

Stark Sands

16

情侣号邮轮

碧蓝的海水在夕阳的照耀下晕染成橙红、紫罗兰和墨绿三色。海天交汇处，更是笼罩着一层神秘感十足的薄雾。这样梦幻的景象对于生活在享有"雾都之城"的旧金山百姓来讲并不稀奇，可对于从未来到过旧金山的潘梦茹和董友文来说却显得十分罕见。

"友文哥，幸好咱们这次决定在旧金山登船。要是当初买了从洛杉矶出发的票，现在肯定就看不到这么美的景色了！"

在从拉斯维加斯飞往旧金山的途中，潘梦茹已经渐渐和董友文熟络起来。如今的她已经亲昵地称呼董友文一声"友文哥"，而非"董先生"了。

"可不是嘛。"董友文微微颔首。"先前就常听人家开玩笑说，但凡有点儿艺术天分的人，只要在旧金山和西雅图住上一段时间，基本上都能成为比较入流的艺术家。"

"哦？是吗？为什么这么说？"

"因为旧金山常年云雾缭绕，而西雅图又总是阴雨绵绵。对于绝大多数艺术家来讲，相对多愁善感之人居多，这也就不难理解如若常年生活在这种迷离、梦幻又略带伤感的城市中，他们的创作欲自然多到爆棚。"

"哈哈,听你这么一说,好像还真有些道理。"

"不过凡事有利就有弊。前段时间我看新闻上说,一名长期生活在西雅图的画家服药自杀了。或许是他投入太深,也没准是西雅图长期没有艳阳高照的缘故。相比起来,你在洛杉矶这种整日阳光明媚的城市上学,潘董应该不担心你会有心理问题。"

"友文哥,这次我好不容易出来玩一玩,你就不要老在我面前提我爸妈了。"

"提他们有什么不好吗?"

"从小到大不论我做什么他们都要在一旁跟着。即便他们不亲自跟着我,也会派人在旁边守着,这让我觉得很不自在。所以这次我好不容易解脱了,你就不要再提他们了。"

"那……是不是我的出现也让你觉得不自在了?"

"不是,不是。没有,没有。"潘梦茹连忙摆手。"你误会了友文哥。有你陪着,我觉得挺开心的。"

"那就好。"董友文如释重负地笑了笑,并没有注意到潘梦茹脸颊处那一抹红。"不过梦茹,我还是要给你父亲打个电话、报个平安。"

潘梦茹没再出声,轻轻点头。

邮轮起航后,不仅周围的海水泛起阵阵涟漪,就连海风也吹得越发卖力。董友文担心潘梦茹会着凉,于是提议一起先回船舱。

潘梦茹听话地跟在董友文身后。离开甲板前,她又向来时的方向望了望。此时,旧金山码头的轮廓已经隐匿在灰蒙蒙的薄雾里。

"哎呀,糟糕了!"

"怎么了,友文哥?"

回到船舱,董友文才发现自己的手机竟已没了信号。

"梦茹,你的手机能打电话吗?我刚刚看我的手机怎么显示没信号呢?"

"对呀,友文哥,这里是海上,当然没有信号了。"

经潘梦茹提醒,董友文这才一拍脑门儿,自嘲道:"你说说我,怎么这么简单的常识都忘掉了。这样,梦茹。你先回房坐一会儿,我出去问问工作人员Wi-Fi密码是多少。"

"不用问了友文哥,船上的 Wi-Fi 都是买票时提前在网上购买的。我这次特意没有买船上的 Wi-Fi。"

"嗯?为什么不买?"

"如果我有网,我爸妈肯定会一直想要和我视频。那样的话,我出来玩还有什么意义。"

董友文想了想,开口说:"没事的,我去问问工作人员。到了船上再买肯定也是可以的。"

"船上是不卖的。"潘梦茹微微低下头。"因为……这次咱们坐的邮轮是特意为情侣和家人特别定制的。为了更好地让大家和自己最亲近的人好好享受海上时光,这艘邮轮所提倡的就是让大家这几天少看手机,多和身边人紧密相处。所以……"说到这里,潘梦茹的声音好似蚊蝇。"不好意思,友文哥,买票的时候我忘记问你了。"

眼见潘梦茹的小脸越涨越红,董友文也不好再多说什么。"这样吧梦茹,我还是出去再问问。要是能买到最好,买不到我去看看有没有公用电话。无论如何,我必须给你父亲报个平安。"

其实董友文不单单要给潘云富报平安,他也需要给兰芳一个交代。

董友文问了一圈,工作人员给出的答案相对一致,都说这些款项是在网上订票时需要一并付清的。其中包含船上特有的一些付费项目,如员工小费,停岸后的陆地旅游项目，水疗按摩等等。

在董友文的恳求下，其中一名年长的工作人员将自己的手机借给董友文。得知实情后，潘云富在电话里头嘱咐道："这小丫头，鬼点子还真不少。那你好好陪她玩吧。记住，每天报平安的电话不能少！"

董友文听后，连声答应。

挂断电话，董友文没有马上将手机归还于工作人员，而是尝试拨打了兰芳的号码。从国外往国内打电话，如果是拨通手机号码，需要在11位手机号码前面加拨"01186"这五个数字。要是拨打家里座机，则根据不同区号拨通不同数字。比如往北京打电话，则需要在8位数的座机号码前，加拨"0118610"。

然而不论董友文是拨打兰芳手机，还是拨打家里座机，都始终没有成功。原因很简单，这名工作人员并没有开通国际长途业务。

董友文虽心有不甘，还是谢过工作人员并将手机归还。

随后他又尝试着找不同人借过手机，有的干脆不借，借到的也都无法接通。无奈，董友文只得和潘梦茹"与世隔绝"般的在邮轮上度过了5天5夜。他看得出潘梦茹玩得很开心。说句实在话，他这几天在邮轮上也得到了极大的放松。自打这些年董友文在职场上发展的越来越好，属于他的闲暇时间便缩减的越来越少。

蔚蓝的海水一望无际，远离了城市的喧嚣，董友文终于又将那些尘封在记忆深处的诗句脱口而出几句。

甲板上的游客越聚越多，几个年轻小伙敏捷地爬上蓝色跳板纵身跃入露天泳池中。水花四溅，逗得一旁穿比基尼的少女咯咯直乐。乐队成员已经准备就绪，鼓手咚咚咚三声鼓点起头，紧接着吉他手和贝斯手也拨动琴弦融入其中。从爵士到摇滚再到当下排行榜单上的流行乐，很快所有人都开怀大笑、陶醉其中。

潘梦茹接过侍者递来的纯白色长浴巾,平铺在两张紧挨着的躺椅上。海风怜惜地爱抚着她柔顺的秀发,稍一走神拨乱了几根,这一切刚好被董友文看在眼里。他情不自禁地伸出手,将它们别在潘梦茹耳后。潘梦茹没有退缩,她正视着董友文,感受着他的指尖与她的脸颊触碰时的酥麻感。

一切都发生的这么自然。她将手中的西柚汁凑到董友文唇边,他含住吸管,她笑得好甜。

他们像两个探险家,将邮轮上有趣的地方都考察一遍。有时董友文会冷不丁冒出一些冷知识,比方说当他们共进晚餐时,他就指着盘中的食物对潘梦茹说:"最早它的名字叫'盾鱼',由于鲍叔牙对它颇为钟爱,于是人们改口叫它'鲍鱼'。"

每到这时,潘梦茹的眼中都透着崇拜。

临下船的那天,潘梦茹随董友文在宴会厅前一同挑选这几日海上摄影师为他们拍摄的相片。

"你笑起来真美。"潘梦茹躲在董友文身后没有做声,摄影师继续说:"和这位先生好般配。"

踏上陆地的那一刻,一切重回现实。邮轮停靠在岸边不愿走远,浅黄色的沙土提醒着董友文应将玩兴放到一边。潘梦茹扶着行李依旧笑盈盈地站在他身侧,可这一次他任由微风拨乱她美丽的秀发遮挡住她柔情似水的双眼。

要说这些天他没对潘梦茹动过心,肯定是假的。可理智不断提醒着董友文,既然旅行已经结束,就该尽早回到兰芳身边。

和 5 天前相比,兰芳的厨艺多少有些进步。其实算不上厨艺进步,至少切菜的速度稍微有些长进。现在让她做一道普通家常菜,基本上 2 个小时之内可以独自搞定。

整整 5 天了，她和董友文始终失联。这让她很是不安，更有一种极其不好的预感。

关丽娜仍旧没有接听她的电话，也没有回拨给她。这种同时被董友文和关丽娜"抛弃"的感觉，让兰芳感受到了前所未有的无助、孤单、恐惧、慌乱！

"友文究竟去哪儿了？丽娜怎么也不见了？他们在做什么？是不是出了什么危险？"直到此时，兰芳才更加确信自己除了董友文和关丽娜竟再也找不出第三个人能与他们二人产生关联。她自然不能打给自己的父母，因为她不想让他们担心。至于友文的父母，她也觉得尽量不去招惹的好。更何况他们二老还在国外旅行，就算告诉他们也解决不了眼前的问题。

就在兰芳决定报警的当晚，董友文终于与兰芳取得了联系。

"老婆，对不起对不起！我这几天有点儿事在海上，那边一直没信号也没网络，所以一直联系不上你！你肯定吓坏了吧？别担心，别担心。老公后天就能回到北京！"兰芳刚说了一声"喂？"董友文就说出了这一连串道歉的话语。

"你怎么现在才给我打电话……你怎么也不提前告诉我你在哪里……你怎么……"一听到友文的声音，兰芳再也控制不住情绪，抱着电话不住抽泣。

"对不起，宝宝。是我错了，是我没有提前通知你。以后再也不会了，我保证，以后再也不会了！"

"你什么时候回来？几点到北京？"

"后天晚上到。飞机不晚点的话，估计下午 6 点来钟能到北京！"

"好！那我在家等你！"顿了顿，兰芳柔声说："后天晚上，我在家给你准备晚饭。"

"什么？老婆，我没听错吧？"董友文激动地追问，"是你亲手做的晚饭？"

"没听错。以后我们的晚饭，都由我来做。"

"我的老婆终于长大了!"电话那头,董友文别提有多欢喜。

醉酒的丽娜

17

下了飞机,董友文没有直接回家,而是打车去公司取了趟文件。虽然他此次赴美参与了公司在美国上市的相关事宜,但潘云富高薪聘请他的主要原因实质上是为了拓展英国业务。

英国这个项目与地产投资有关,尽管董友文才刚来公司没多久,可潘云富却十分欣赏他的才干。即便公司有不少资历深厚的老员工,潘云富还是决定任命董友文来当这个项目的主要负责人。

在海上陪潘梦茹漂了几天,董友文自知已经落下不少工作。他才走进办公室,就看到办公桌上堆起的如同小山似的叠叠文件。

"哟,友文。这么晚还在公司?"董友文正准备将文件装入公文包,一个男人敲响了董友文敞开着的办公室门。

董友文抬头望去,居然是陈律师!

"嘿!陈辛?你怎么到这儿来了?快进来坐!"董友文热情地招呼陈辛进屋,随手拉来一把椅子,将公文包放到一边。

"你说巧不巧,我今儿正好第一天来公司报到。以后咱俩可就是同事了!"

"是吗?那可真是恭喜你啊!虽然我也才来没几个月,但我可以负责任地告诉你，潘董公司的氛围还是很不错的。至于待遇，不用我多说，合同你肯定看得比我仔细，上面都体现得明明白白了。"

"哈哈，那是自然。要说这次还真得好好谢谢你！听说还是你主动向潘夫人推荐的我。"

"咱哥俩就别说谢不谢的了。主要也是那天潘夫人主动问起，我也就是顺嘴一说。"

论起董友文和陈辛的相识，就要追溯到他们大学时期。那时候北京各大高校之间组织了几场体育项目，正是基于这样的机缘巧合，董友文和陈辛成为了篮球场上的对手。

不过男生之间的友谊多半也是在球场上建立的。虽然两人在场上分别代表各自学校打得不可开交，可时间一久他们二人惺惺相惜，居然成了哥们儿！尽管他们见面次数不算太多，所学专业也基本没有太大交集，不过只要对方开口，能帮的忙肯定不会推托。

"甭管怎么说，这事儿肯定有你一份功劳。要不咱俩找地儿喝点儿去？"陈辛指了指手腕，示意董友文现在正好到了晚饭时间。

"改天改天，今儿实在不行。我媳妇儿在家给我做好饭了，我不回去捧个场不合适。要不下周？等我这礼拜把手头的项目再稍微跟进一些我再联系你，咱俩还是约在老地方就行。"

"得嘞！"陈辛打了个响指，就像当年赢球后和朋友谈论此事时一样愉悦、率性。"那成，那你忙你的，我就先撤了。"

"等等。"正在陈辛准备起身离开之际，董友文突然将他叫住。

"怎么？改主意了？喝点儿去？"虽说陈辛这些年一直对外保持着律师应有的严肃形象，可和董友文接触时，他已经下意识地卸下伪装。

"不喝了。"董友文摆摆手。"我就是想问问你，他们这次请你来主要是接手哪部分的法律合同？你是临时跟进一两个案子，还是直接成为他们的法律代表了？"

"正式签的。不过目前主要的大项目还是张律师经手，我基本上是去做一些潘夫人指派的事情。"

董友文听后，若有所思地点点头。"行，那回头咱俩电话联系。"

"好嘞，那我就先走了。"陈辛挥了几下手，大步朝外走去。

与此同时，董友文的手机突然响了。他掏出一看，是兰芳打来的。

"喂？老婆，我马上就回来了。"董友文的语气极其温柔。

"不不不，你先别回来！"电话那头兰芳的声音很是慌乱。

"怎么了？出什么事了？"董友文不由得心中一紧。在他的印象里，兰芳好像还从未如此慌张过。

"丽娜给我打电话，说要找你，要见你，还说有很重要的事情要告诉你。我告诉她你还没有回来，然后她就开始哭，歇斯底里的那种哭。我觉得她应该是喝酒了，哭到后来我都听不懂她在说什么。然后……然后不知道怎么了电话突然断了。我刚刚给她拨回去，显示关机。我担心她会出什么事情！"

"没事儿，没事儿。别多想了，说不定就是手机没电了。"董友文听后虽是心头一紧，可嘴上却显得漫不经心。

"怎么能没事儿！万一她遇到危险怎么办！现在天都黑了，她一个女孩子在外面多不安全，而且还喝了酒。主要她肯定是找你有急事，不然也不会哭的！是不是你们两家公司出现什么状况了？"

"别多想了，我们两家一直都是死对头。就算她那边真出了什么状况，也轮不到我来管。"

"你怎么能这么说！她们公司的事就算你不管，可她你总得管呀！她是我最好的朋友，也是你最好的朋友。现在她有危险了，咱们必须找到她！"

其实董友文并不是不担心关丽娜，只是自从上次他知晓了关丽娜对他的感情，身为兰芳的丈夫，他觉得自己有必要尽量避免做出一些会让关丽娜和兰芳产生误会的事情。

"听话，宝宝。你都说了她已经关机了，既然都关机了，咱们上哪儿去找啊？好了，好了。你就放心在家等我吧，我马上就回来品尝兰大厨的手艺喽！"

"董友文！"兰芳厉声呵斥道，"你今天要是不把丽娜找回来，就再也别回来！"

"不是……"

"你就去他们单位附近的餐厅找、谈事的酒吧找，因为她肯定是喝酒了，你就去你知道的有酒的地方找。然后我现在打车去她家，看看她是不是已经回去了。"

"别别别，大晚上的你就别再出来瞎跑了。回头你要出点什么事儿，我还过不过了！行了，你就放心在家等着吧。我争取给她找到，你千万别出来瞎跑！"

"可是……"

"没那么多可是，你就老老实实在家等我回来！"

董友文有些生气地挂掉电话，暗骂关丽娜又在整什么幺蛾子！眼看已经将近晚上8点，要是再不抓紧找肯定得耗到后半夜。

董友文将手机揣进裤兜，迅速抓起桌上那一摞文件就往包里塞。殊不知，竟有一封匿名信不慎掉落在地毯上。董友文万万没料到，这封被他遗漏的信件中的内容竟会成为日后足以改变他一生的关键点！

当董友文坐进驾驶座时，暗自庆幸自己在去美国前将车子停在了公司内部停车场。不然等下满北京打车去找关丽娜,指不定得花掉多少冤枉钱!

虽说他和钟启发手下的员工基本上没有太多交集。一方面是为了避嫌,另一方面也确实没有接触的必要。不过董友文的手机通讯录中,还是零星存有一两个人的电话号码。

他尝试着拨打关丽娜的手机,确实显示已经关机。犹豫良久,董友文还是决定先不打给钟启发公司的那两个人。毕竟钟启发最近也惦记上了英国那几块地,要是这时让有心人抓住把柄,董友文可真就是得不偿失。

时间一分一秒地过去,董友文基本上已经将关丽娜公司附近几家大一点的餐厅都翻了个遍。关丽娜是个对待生活相对精致的女人,自从跟在钟启发身边工作后她的收入也颇为可观。以董友文对她的了解,档次低一点的饭店她是肯定不会光顾的,所以他们公司附近那些苍蝇馆必定不在董友文的搜寻范围之内。

这期间,兰芳又给董友文打过几通电话。为了安抚好老婆的情绪,董友文一直耐着性子不停地说:"好的,宝宝。快了快了。放心,马上就找到了。"

直到董友文将关丽娜公司附近高级一点的餐厅和他们曾经谈事时去过的会所、茶楼都跑了个遍,仍旧没有半点收获时,他才终于气喘吁吁地靠在驾驶座认真对比了一下关丽娜和兰芳这两个女人本质上的差别。

抛开别的不谈,兰芳从没让董友文操过什么心。兰芳不可能出去惹事,也不可能给他找事。正是因为兰芳的安静和踏实,董友文才能将大部分的精力放在工作上,才能这么快地提升自己。反之,关丽娜这种女人一点都不安分。假如关丽娜是自己的女朋友,董友文肯定会在等下找到她时立即提出分手!

兴许是坐了许久飞机没有休息好,董友文此时疲惫无比。他就这样静静地靠在椅背上闭眼沉思,久到他的思绪已经倒退回他们三人曾经的校园时光里。

那个时候的关丽娜虽然看起来已经比同龄女生精明许多,但至少不像现在这般让人难以把控。男人，始终是有控制欲的。即便董友文从未想过和关丽娜成为情侣，可每当他和她接触时总觉得她给人带来很强的压迫感。即使是董友文这种自信的男人，也会有些难放光彩。

凡是能称之为"回忆"的，肯定都是喜忧参半。虽然董友文觉得关丽娜太过强势，但至少她很仗义，尤其对他和兰芳很仗义。比如董友文刚出来打工时，工资还很微薄。那个时候他回学校找她们，有好几次都是关丽娜抢着请客。虽说三个人总共也花不了多少钱，但这些事董友文始终记在心里。或许就是由于当年关丽娜的大方，董友文更加坚定了身为一个男人理应扛起经济上的重担的决心！

想到此处，董友文突然有一种强烈的预感。这种预感来得猛烈，却好似醍醐灌顶。在这种强大意念的驱使下，董友文瞬间变得清醒。他调正座椅，发动汽车，毫不犹豫地将车子开向那处突然闪现在脑海中的地点——他们曾经共同的校园。

尽管此时已是夜幕降临，董友文还是从昏暗的街道中找寻到年少时的熟悉感。他已经很久没有来过这边了，自从兰芳毕业后他就再也没有回来过。

将近6年一晃即逝，很多事情都随着时间的推移渐渐改变，可当董友文望向四周，发觉学校周边还是这般静谧。街上三三两两的小情侣，看起来格外甜蜜。董友文将车子靠边停下，独自走在曾经踏过不知多少遍的街。他要去的地方并不在这条街上，而是在远处那几棵柳树后面。

源源不断的思绪如暗涌般涌上董友文的心头。踏着老路，被唤醒的不仅仅是他和兰芳有关的记忆，同样也有和关丽娜的。

当他绕过第5棵柳树，一排苍蝇馆映入眼帘。这里的氛围明显要比刚刚紧挨学校的那条街热闹多了，虽然小餐馆个个简陋，但一个又一个明晃晃的裸露大灯泡,愣是给这条狭窄的小巷点亮了不少幸福的味道。

在这里吃饭的多半是在校生。一方面离学校近,大伙儿图个方便。另一方面,这里也确实经济实惠。年轻的好处有很多,其中一条便是只要好朋友聚在一起,即便再难吃的饭菜也觉得分外可口。

董友文没有看第一家牛肉拉面,也没有在第二家盖饭店门前稍作停留,而是径直朝第三家炭烤生蚝走去。

店面很小,透明的卷帘门早已发黑发黄。看样子,应该还是原先的老板,这么多年过去了居然一点不曾改变。

他朝里望去,总共也就几张桌子而已。和一帮穿T恤的大学生不同,角落处一个身穿黄格款Burberry衬衫的女人一下子就吸引了董友文的注意。尽管这个女人戴着帽子、趴在桌上看不清面容,可董友文还是能够确定这个人就是关丽娜!

见董友文一直朝关丽娜的方向看,生蚝店的老板赶忙从收银台里出来。老板不顾层层障碍,跨过一箱箱挡道的空啤酒瓶直奔董友文而来。

"帅哥帅哥,那个小姐你认识吗?是你朋友吗?哎呀,可算是有人来接她了!你快把她给领走吧!"没等董友文接话,老板继续朝董友文倒苦水。"你别看她现在挺老实的,刚才跟发疯似的一直在这儿大哭大闹。本来我这儿今晚生意还算不错,被她这么一搅和好多孩子都不敢来了。这不,估计是她疯累了,我才敢招呼客人进来。"

"不好意思,老板。我现在就把她带走。"董友文不想与老板多作纠缠,大步走到关丽娜身边。他好不容易将她晃醒,看到的竟是一张比先前憔悴万千的脸!

"友文,真的是你吗?你总算是来找我了。"见董友文就站在自己身边,关丽娜幸福地眯起早已哭肿的眼。她醉了，可她终究是等到他了。

"行了行了，别在这儿闹了。快起来，我送你回家。"董友文生拉硬拽地将关丽娜搀起，一边将她往外扛，一边不住地向那些被关丽娜撞到的大学生道歉。

"唉，等等！"见二人就快走出卷帘门，生蚝店老板拿着一张早就写好的纸条挡在二人面前。

"麻烦您让让，我现在就带她走。"不愿多耗下去的董友文有些不耐烦地开了口。

"带走是肯定的，不过你先替她把钱付了。除了6个生蚝的钱，酒钱，砸碎的碗和杯子，还有耽误我营业的经济补偿，还有……"

"好了，老板。我先替她给您赔个不是，今天的事真的很抱歉。这是一千块钱，您收着。"董友文不想再听老板啰嗦，直接从包里抽出一千块钱。

一千块钱，对于这个生蚝只卖6块钱一只的小店来讲，已经算是不错的赔偿金。老板没再言语，让出一条道让他们出去。

董友文和关丽娜刚一走出卷帘门，店内几桌大学生便又找到了新一轮的聊天话题。

"你说他俩是情侣吗？"

"那女的怎么喝成那样儿了？"

"这男的看着还挺帅的。"

"你们猜他俩一会儿干吗去？"

……

然而这一切的一切，对于董友文来讲已经毫无意义。当务之急是将关丽娜赶紧送回家，今晚他还得熬夜将公文包里那一叠资料看完以确保明天的会议不出差错！

"喂，老婆。找到她了。"

"在哪儿找到的？她没出什么事吧？她现在怎么样了？"接到董友文的电话，兰芳总算长舒一口气。

"放心吧，没事儿。就是喝大了。行了，先不跟你说了，我先开车送她回去。她现在在后座睡着了。"

"今晚就让丽娜住在家里吧，我怕她一个人照顾不了自己。要是她半夜起来难受了，也好有人给她倒杯水。"

"住家里干吗？她自己睡一觉就好了，没必要那么费事。"董友文担心关丽娜别在酒后冲兰芳瞎说什么，回头要真是发生了像上次那种酒店表白之事，董友文可真是跳进黄河都洗不清。

"你现在怎么变得这么冷血呀！"听董友文这么一说，兰芳板起面孔。"反正你先将她带回来。我担心她一会儿醒了会饿，正好我今天做了好多菜，她半夜要是饿了多少也能吃一点。"

拗不过兰芳，董友文只好硬着头皮应下。董友文心想，把她带回家就带回家吧，到时候给她关在书房就好。当务之急是赶紧回去看材料！

18

听筒里的谎言

I'm not the Only One

You say I'm crazy
Cause you don't think I know what you've done
But when you call me baby
I know I'm not the only one

—— *Sam Smith*

关丽娜的呼吸声渐渐变得平缓，董友文透过后视镜看了看坐在后座熟睡的她，不由得放慢车速。平心而论，即便关丽娜并不是他喜欢的类型，可她和他还是有很多本质上的相似之处。他们都是相对独立的人，也都是靠自己一步步打拼到如今地位的。

看着她消瘦的脸颊、疲惫的状态，董友文突然有些心疼这个和兰芳同龄的女孩。和关丽娜相比，兰芳确实幸福得多。董友文不清楚这个同样比自己小三岁的女孩究竟出了哪些变故，会在短短数月间变得几乎只剩皮包骨。如果是在工作上遇到了难题，董友文或许并不能帮上太多忙，毕竟就两家公司目前的情况来看，他们确实不便走得太近。但如果是因为上次在酒店拒绝了她的感情，这对董友文来讲或多或少都会感到自责和负担不起。

"过段时间我帮她介绍个男朋友吧，没准儿换个心情、换个环境，整个人的状态也就调整过来了。"董友文一边开车，一边暗下决心。

餐桌上的五菜一汤仍旧飘着香气，只不过所有食物都已经彻底冷却。兰芳确实在家等待了太长时间，不过好在友文最终找到了丽娜。

兰芳将书房中间的沙发床放倒，从柜子里拿出丽娜的专属被褥。她和董友文还是很信任关丽娜的，尽管董友文有很多重要文件都放在书房的抽屉里，但每次关丽娜住在家中，他们从未特意将那些东西转移到其他地方。

兰芳倒了一杯水放在书桌上，要是丽娜半夜口渴也省得再去厨房找水喝。

不知不觉间连兰芳自己都没有察觉，自从她决定不和穆泽他们走得太近、专心在家做一名合格的家庭主妇后，她除了不再报名参加那些兴趣班，整个人也变得比先前勤快。她开始将大部分的时间和精力用在研究做饭和做家务上，尽管刚从美国回来的董友文还并未看到妻子的转变，但兰芳坚信等下友文回到家一定会认可她的进步。

兰芳是幸福的，直到这一刻她才意识到自己并不孤单。就算她在事业上帮不到友文又如何？至少今后友文一切生活上的事情都由她负责。这不就够了吗，夫妻间本就该这般配合！

随着时间一分一秒地过去，从上一通电话到现在已经足足过去20多分钟。可是，董友文仍旧没有回来。

兰芳有些迫不及待地走到卧室窗口，从这里向下望去正好可以看到友文的专属车位。

由于没开卧室灯，兰芳觉得今夜的月光如此明亮。很快就要到端午节了，兰芳琢磨着这次的端午节她要亲自学着为友文包几个粽子。友文爱吃豆沙馅蘸白糖的，她一定要放好多好多红豆沙，让他一次吃个够！

想着想着，兰芳便看到有两缕强光照亮了原本空荡的停车位。定睛一看，是友文回来了！他没有像以往那样倒车进入，而是直接将车不偏不倚地一头扎了进去。

要不是现在已经接近凌晨，兰芳真想打开窗户朝下呼喊友文的名字！她已经太久没有见到他了，她很想他！很爱他！很想立即拥抱他！

很快，汽车熄火，董友文从驾驶座出来了。他将后座车门拉开，准备将关丽娜从里面扶出。虽然兰芳并没有在汽车后座帮忙叫醒醉汉的经历，可她觉得将一个酣睡不醒的人扶出，肯定会有一定难度。果不其然，兰芳看了好一会儿，董友文始终保持着探进去上半截身子的姿势迟迟没有将丽娜弄出来。

兰芳越看越觉好笑。就在她决定下楼帮忙时，董友文却已放弃先前撅着屁股弯着腰的姿势。"哦？难不成他想到了新招数？"出于好奇，兰芳越发觉得此事有趣。

然而现在的董友文好像并没有想将关丽娜弄出来的意思，只见他叹了口气，一屁股坐了进去。

头顶上方的月光仍旧很亮，可由于车内灯光已经熄灭，兰芳无法看清车内情况。

就这样又过了一会儿，不知是谁将车内照明灯打开了，兰芳总算得以看清。只见后座有两个人并排坐着，不难猜想，左边的是友文右边的是丽娜。兰芳不知道他们在车内正在说些什么，但不管他们在谈论什么，兰芳只希望他们两个快点上来。

强烈的好奇心再次让兰芳放弃拨通友文的电话，她下意识地将身体朝窗帘后隐去。直到兰芳彻底退到窗帘背后，这才小心翼翼地侧头观察车内动向。她本无须这般鬼鬼祟祟，可她还是这样做了。

5分钟、10分钟，车内二人始终这样并排坐着，没有任何其他动作。看了许久，兰芳也从原本的好奇转变成为因偷窥产生的些许羞愧。三人之间的情谊终究战胜了兰芳在关丽娜面前的自卑心理，她觉得自己的猜测是多余的，友文和丽娜是不会做出她潜意识里所担心的那些事情。

然而就在此刻，就在她决定光明正大地从窗帘后走出并拿出手机询问友文什么时候上来时,一个不该出现的画面狠狠刺入兰芳眼眸。

只见右边那人将头结结实实地靠上了左边那人的肩!说得明确一些,关丽娜将头不偏不倚地靠在了董友文的肩上。如果这是关丽娜酒醉后无意识的表现,那么董友文为什么不推开她或移动身体躲去一边?

是的,兰芳潜意识里所担心的事情终于还是发生了。董友文丝毫没有躲避之意。他们就这样在狭小的车内空间,头挨着头,谁都不愿率先挪动身体!

"怎么可能?!这不是真的!一定是我看花了眼!"兰芳料想不到自己居然会看到如此不堪的画面!犹如晴天霹雳般,她差点失去重心顺着墙壁瘫坐在地。"不可能!不可能!一定是我想多了!这绝不可能!"无数个否定的念头在兰芳心中不断响起,可是她越想替他们开脱,反而令自己得不到摆脱。

短短几秒钟的时间,如洪水般涌出的负面情绪流遍兰芳全身。她需要一个解释!她需要马上冲下去听他们解释!

兰芳发疯似的跑向大门,连鞋都没顾上换。可是还没等她跨出家门,紧攥着的手机突然不合时宜地响起。在寂静的楼道里,这突如其来的声音着实给兰芳吓得不轻。她猛然低头,是董友文!

"喂?"兰芳几乎是在手机响起的瞬间就将其接起。

"喂,老婆。"电话那头,董友文的声音显得有些沙哑。没等兰芳开口,董友文继续道:"公司那边突然有点事儿,今晚我就先不回家了。"

"不回家了?那关丽娜呢?你现在……"兰芳愤怒地叫出了关丽娜的全名。她很想说"你现在不就正和她在楼下吗!"不过她的后半句还没来得及说出口就被董友文打断了。

"她……她已经到家了。我也已经在去公司的路上了。"

突如其来的陌生感透过听筒传进兰芳耳中。这个她最信赖的男人,竟然毫无罪恶感地说谎了。

一个可怕的念头席卷兰芳全身。她从未想过友文会欺骗她，更何况是如此这般平静地欺骗了她。

其实董友文并不想对兰芳说谎，只是此刻的他已经没有心情再给兰芳叙述一遍今晚发生的事情。刚刚关丽娜从包里拿出一张医院开出的化验单，"癌症晚期"四个字赫然印在纸上。关丽娜希望他今晚能够陪陪她，哪怕只是陪她说说话。他们不谈工作，不谈未来，只谈一些对于关丽娜来讲所剩不多的当下！

面对一个癌症晚期的病人，如此简单的要求董友文怎能忍心拒绝？他必须陪她，他不得不陪她，他希望自己能够再多陪陪她！

所以他对兰芳说了谎，可他觉得这个谎言并不为过。很多事情他还没有搞清楚，所以他不愿兰芳也跟着一起担心。或许今晚和关丽娜聊完后，就能清楚她得病的经过，说不定还能帮她寻找到一些可以治愈的方法。

出于对兰芳的保护也好，出于董友文自己对关丽娜的怜惜也罢。总之，他骗了她。

可是兰芳并不了解董友文的顾虑。她心如刀割地再次回到卧室窗边，紧咬嘴唇向下望去，那辆车仍旧停在那里，车内两人的头却已经识相地暂时分离。

"她已经回家了？"兰芳屈辱的泪水夺眶而出。如果不是她亲眼所见，说不定还真就相信了他所说的话。一个不好的念头突然出现在兰芳脑袋里。"是不是这些年他一直都在骗我？是不是他和关丽娜早就走到一起了？是不是他每次借口出差其实都是和关丽娜腻在一起？是不是……"

兰芳不敢再继续想下去，看着楼下近在咫尺的两个她最信赖的人，淡淡回了一句"好，我知道了"。

这一次是兰芳主动将手机按掉的，她不想再多听一句欺骗的话。她恨他们，但更恨她自己。她瘫软无力地靠在窗边，不争气的脊背不住颤抖。兰芳突然意识到，她"原以为"的事情并非是她这些年一直坚信的模样。她原以为董友文是这个世界上最重情重义的男人，原以为她自己是这个世界上最幸福的女人，原以为只要她能够学会做饭、学会收拾屋子董友文就可以更加爱她，原以为自己最好的朋友一辈子都不可能背叛她。

可是刚才的那一幕，足以推翻她这些年所有的幻想和坚定。

关丽娜连续数月不接她的电话，董友文连续数月频频出差，这所有的一切仿佛就在这一刻全部有了答案。"他们应该就是从这段时期在一起的吧？不然为什么连消失的时间都能这般相似……"兰芳的心彻底凉了。她无力地看着董友文从后座出来，坐进驾驶位。楼下的汽车重新发动，不一会儿的工夫就与这个充斥着无数谎言的夜色完美相融。

听筒里的谎言

19

女人们的小心思

踉跄着走到餐桌旁,兰芳无力地拉出椅子坐下。她的双眼不知不觉已经哭肿,可泪水仍止不住地向下流。

她给自己盛了一碗汤,一碗原本做给友文的汤。这锅排骨玉米汤,她足足煲了5个小时。原本热乎乎的排骨汤此刻已经彻骨冰凉。泪水一滴滴不受控制地滴落进汤碗里,兰芳已经分辨不出究竟是汤做咸了,还是泪洒多了。

拿起桌上的筷子,她发疯似的胡乱夹一筷子就往嘴里塞。这些由她精心制作了整整一下午的饭菜,如今含在嘴里唯剩苦涩。

短短几分钟时间,兰芳亲眼见证自己被两个最亲近的人背叛。这让她难以承受,让她快要临近崩溃边缘。她需要宣泄,需要发泄,可是她无处排解。

直到现在她才终于承认自己的孤独全是由她自己造成的。自从上了大学离开了父母,她的整个世界就只剩董友文和关丽娜。毕业之后,董友文告诉她不必出去奔波,他可以照顾好她。于是她渐渐享受这种与外界隔绝的状态,尽管这一两年她开始尝试参加一些兴趣班,可短暂的接触终要曲终人散。一阵莫名的恐惧感如狂风般袭来。假如她真的失去了董友文和关丽娜,是不是她在这个世界上就彻底变成了一个透明人?或许在老家的父母还会记着她,可至少在北京这座城市她什么都剩不下。

慌张、慌乱、迷茫、恐慌！此时此刻，兰芳顿感呼吸不畅！她跑到窗边，用尽最后一丝力气将窗户推开。初夏北京的夜晚并不算清爽，一阵微风拂过只剩下闷热。可兰芳顾不了那么多，她大口大口贪婪地吸吮着室外飘进的湿热空气，她想要出去，想要离开这个装有董友文和关丽娜气息的、充满"信任"与"爱"的监狱！

"喂？"穆泽的声音在电话那头响起。还好他并没有睡，兰芳暗自庆幸。

"不好意思，这么晚打扰你。"兰芳的声音仍旧有些颤抖，即便她已经很努力地想要克制。

"出什么事儿了吗？怎么听你的语气不太对？"原本躺在床上的穆泽，此时担忧地坐直身体。

"我记得上次你跟我说每周三的凌晨都会有'鬼市'。现在已经过了12点，已经是周三了，不知道现在是不是还来得及？"

"哦？你一会儿想去鬼市？"穆泽突然来了兴致。"你是自己去还是有朋友陪你一起去？"

"我自己去。"

"这样啊……"穆泽歪头想了想，"要不我陪你一起吧。你一个女生大半夜自己出去怕是不太安全，正好我也好久没去那边转了，说不定今天能淘到一些不错的小玩意儿。"

"那好，那我们几点去？"兰芳这次毫不犹豫便答应了。尽管她从小到大从未和除董友文之外的任何一个男生在晚上8点后单独见过面，但此时她有一种强烈的报复欲。既然董友文可以和关丽娜出去，为什么她就不能和别的男性出去？她想要报复董友文，她希望董友文一会儿回到家会找不到她。她想让董友文担心,她已经决定一会儿在鬼市一定会将手机静音。

"你把地址发给我,我过来接你。其实现在过去就行,因为他们最近刚调整了时间,差不多凌晨3点多钟就撤摊儿了。"

兰芳听后在心里盘算着,"如果三点多钟离开那边,到家差不多四点多。那个时候友文肯定已经回来了,而且也肯定已经发现我不在家。假如他问起我去了什么地方,我该怎么回答?见到他之后,我究竟有没有勇气揭穿他和关丽娜?"

"喂?喂?你还在听吗?"见兰芳迟迟不表态,穆泽将声音放大了一些。

"哦哦,我在。那我们就现在出发吧!"顾不了那么多了,兰芳只想赶紧逃离这个家。

"那行,那你记得把地址发过来,我收拾一下就出门接你。"

挂断电话,兰芳长长舒了一口气。"穆泽算是自己的朋友吗?为什么这么晚了,他还愿意陪我出去?"

与此同时,刚看完时尚走秀的Sally满脸笑意地与众人一一挥手告别。尽管她脸上堆满笑容,但眼神中尽显疲惫。她早已厌倦这样的生活,这种每天为了扮演好"潘夫人"一角儿而不得不露出的虚伪嘴脸。

她确实虚荣过,也在母亲的教唆下想要麻雀变凤凰。可是当年仅仅20岁的她根本料想不到成为一个阔太太所要付出的代价。她的自由应该就是从那个时候失去的吧,整整二十年,Sally无数次地想要摆脱这样的金钱牢笼。可是,她始终没有勇气更缺少筹码。

不过现在不一样了,自从董友文出现后她就隐约察觉到这个男人给她家带来了些许微妙的变化。如果说,在潘云富心中董友文算得上是一个不错的单位小领导,那么对于Sally来讲董友文很有可能成为她重获自由的那扇窗!

"你怎么又搞到这么晚才回来？"Sally 刚一推开书房门，潘云富不满的声音就从里面传出来。

"你以为我想啊？还不是为了给你撑面子。"

"我还有事情没做完，你先去睡吧。"

"我有事要和你说，你等会儿再看。"Sally 拿掉潘云富手中的资料，一屁股坐在宽大的办公桌上。

"说吧，什么事？"潘云富无奈地叹了一口气，这才终于抬眼看她。

Sally 不紧不慢地从手包里拿出手机，在潘云富眼前晃了晃。"你的宝贝闺女发的朋友圈你都看见了吧？"

一听 Sally 说起此事，潘云富不禁眉头微皱，其实这些天潘云富也正在为此事发愁。

这几天潘梦茹一直转发一条与"CSE"法案相关的文章。虽说后来政府又将其改变成为另一个新名称，但本质上换汤不换药，里面的内容还是令诸多家长抗议的主要原因。

该文章指出，从 2011 年起加州就通过了一个强制要求州内公立学校从学前班开始教导孩子有关同性恋、双性恋、变性人等信息的法案。2015 年加州又通过了另外一条扩充性教育内容的法案，其中包括性别认同、同性与异性之间的关系、如何怀孕、避孕、堕胎以及预防艾滋病的性传播疾病等内容。2018年，为了强化这些法案的实施，加州教育部又出台了"加州健康教育课程框架"。这个"框架"虽不是教材，但规定了教学标准和内容。并为学生和老师提供了很多课外读物、教学工具等等。

所以到了今年，当大部分家长得知这一情况后甚为担忧，纷纷在教育局门前抗议。而这也正是潘云富和 Sally 最不愿意看到的，因为他们的女儿潘梦茹就在此次抗议的队伍之中。

虽然这类抗议不存在打、砸、抢，只是各位家长举着牌子希望可以与教育局的人对峙、谈判，可是对于潘云富和Sally来讲，不怕一万就怕万一。要真是出现一些极端分子做出一些极端之事，潘梦茹的安全很有可能会受到波及。

可是不论他们如何劝说，潘梦茹就是不为所动。她觉得尽管自己现在还没有生小孩，但为了避免其他孩子过早接触到两性关系的认知、还他们一个纯真童年，她觉得自己有必要站出来贡献自己的一份微薄之力。虽然她很清楚，这项法案在众多家长的呼吁声中很有可能在日后渐渐被废除，况且教育局的出发点或许也是为了让儿童有自我保护的意识，避免被一些不法分子利用。可无论如何，在她的内心深处都希望这条法案尽早废掉。对于游行，她已经做好了长期抗争的准备。

"嗯，看了。"潘云富低沉的嗓音尽显无奈。

"你看看这个。"Sally有些得意地递过手机。

潘云富拿来一看，看到了女儿与董友文在朋友圈中的对话。

第一条是董友文写的："我刚看完你转发的文章，虽然我觉得这些家长的行为或许没有错，但你毕竟自己在美国上学，身边的亲人都在国内。万一你出了什么事情，你的父母和关心你的人一定会很担心。以后这种游行活动还是尽量不要参加了，女孩子在外面首先要学会保护自己。"

其实董友文写的这段话，基本上也是潘云富夫妇这些天一直给女儿灌输的主要内容。然而令潘云富没料到的是，女儿居然回复了董友文一句："好吧友文哥，那我不去了，听你的。"

"这……这……这……"潘云富不敢置信地看了看Sally又看回手机。

"怎么样？发现什么苗头了吗？"

"她……她昨天还死活不听我说话，怎么今天就……"

"你还没看出来呀？咱们梦茹喜欢上董友文了！"见潘云富仍旧没绕过弯，Sally 直接一语道破。

"喜欢他？不可能吧。"

"怎么不可能啊！人家小董年轻有为，而且长得也不错。再加上他们一起去船上相处了将近一个礼拜，就算再没感觉的人也多少能够培养出一点感情了。更何况梦茹现在正是少女心泛滥的时候，她一直就没谈过恋爱，现在突然出现一个各方面条件都还不错的男人，她动心也是正常的。"

"不现实不现实。"潘云富连连摆手。"小董虽然业务能力还不错，可他毕竟还是太年轻，需要历练的还有很多。更何况他已经成家了，根本就不适合咱们梦茹。"

"成家怎么了？你不也是成了家然后离了吗！"

"能一样吗！我和你结婚，完全是不同的概念！"一听 Sally 又将之前的事翻出来说，潘云富立即变了脸。

"为什么不一样？哪里不一样？你现在终于承认当初娶我就是因为我肚子里有了孩子你才决定娶我。如果当初我没怀上梦茹，你是不是就不会为我离婚了？！"

"你怎么又来了！就算我当初是因为孩子娶了你，但这 20 年我对你怎么样？难道你心里不清楚吗？这些年，我待你已经不薄了！"

"好好好，我要的就是你这句话。"令潘云富意想不到的是，Sally 将他惹怒后，她自己却满意地笑了笑。"既然你都能待我不薄，那董友文照样可以离了婚娶梦茹啊。再说了，梦茹又不可能接手你这摊事，要真是哪天你不在了，留下我们娘俩也没个主心骨。到时候你们公司里那些老古董不得一个个联合起来把我和梦茹往死里整？"

"哎呀，你就放一百个心吧，我死之前会写好遗嘱的。绝对少不了你那一份！"

"写遗嘱有什么用。到时候他们不服我们，天天给我们气受，到最后肯定还是变着法地给我们挤走！"

"你别胡思乱想了，早点睡觉去吧。"潘云富被Sally弄得脑袋都大了，连忙摆手让她赶紧走。

"睡什么睡，我重点还没说呢。所以我的意思是，你抓紧把董友文提拔起来，之后让梦茹和他结婚。等到时候就算你不在了，董友文肯定也能照顾好梦茹。别的不说，就这次他们出去玩……"说及此事，Sally满眼放光。"我前两天问梦茹了。她跟我说董友文把她照顾得特别好，特别细心、周到。而且他俩也挺有共同语言，梦茹感兴趣的他也都感兴趣。反正我听完就觉得特别般配！"

"都跟你说了，不现实……"

没等潘云富说完，Sally再次将其打断。"什么叫不现实！你知道什么是现实吗？现实就是，你尽早把女儿的终身大事安排好，你就能够尽早退休。等你退休了，我也不用天天陪着你出去应酬。世界这么大，咱们出去享受过吗？就算账面上有再多钱又有什么用，你花在自己身上了吗？再说了，我又不是让你卖女儿。现在梦茹正好喜欢董友文喜欢得不得了，咱们何不帮闺女一把？至于董友文现在的妻子，这个你放心。他们结婚这么多年也没生个孩子，再加上那女的也没有工作。他俩要是夫妻感情和谐，为什么这女的天天什么都不干他俩还不要个孩子？这里面肯定有问题！"

"难道……她也不能生育？"说完这句，潘云富不由得想起了自己的前妻。

"估计是。"Sally用力点头。

潘云富沉默不语,像是在思索什么。半晌过后,潘云富认真问了一句:"梦茹真的看上小董了?"

一听潘云富的语气有所缓和,Sally赶忙趁热打铁。"对呀!喜欢得死去活来。这样吧,我也不逼他们,再让他们接触接触,我也在侧面问问他俩的意思。要是董友文真能离婚,而且他俩要真是互相感觉都很好,那你也就别犹豫了。抓紧培养董友文,然后咱俩周游世界去!"

"周什么游!"潘云富又蹙起眉头。"最近钟启发也盯上英国的项目了。他好像在搜集我以前的信息,准备提交到美国。这对我能否在美国成功上市有着决定性的影响!"潘云富在说这番话时心情极为沉重。

"你的什么资料?你以前又没在美国做过事,这是你第一次想要打进美国市场,你以前做过什么和美国有什么关系。"

"当然有关系!想要在美国上市,除了公司的全部信息,包括几大股东的个人信息也会起到决定性因素。那边抓得特别严,要是信誉稍微有一点瑕疵估计上市的事就得泡汤!钟启发呀钟启发,真是走到哪儿都摆脱不了他!"

"早知今日,何必当初!"Sally冷笑着看了潘云富一眼。"行了,你的事你自己解决吧。梦茹和董友文的事你再考虑考虑,我先睡了,晚安。"说完她便头也不回地朝外走去。

看着Sally远去的背影,又看了看手中的文件。潘云富暗自叹息。这个家什么时候变成这样了?如果不是因为有梦茹的出现,这个后组建的家哪里还有半点家的样子?!

07. 女人们的小心思

20

蹚鬼市

凌晨一点来钟,大部分的北京居民都已经入睡。可是在鬼市,人们却看不出半点疲惫。

虽说穆泽的驾照是新考下来的,饶是夜里视线不好,但好在路况极佳,一路开来畅通无阻。

"来,这个给你。"穆泽伸出右手,递给兰芳一支手电筒。

"幸好你带了这个,不然还真是什么都看不清呢。"

"这你就外行了吧?手电筒可是蹚鬼市的必备品。"

"'蹚鬼市'?"兰芳有些听不太懂。

"老话儿说得好,到这儿来的不叫'逛鬼市',而叫'蹚鬼市'。原因很简单,因为这里面的物件大都真真假假、鱼龙混杂,需要买主自行辨别。究竟是不是蹚了一摊浑水,得自个儿蹚过才知道。"

兰芳似懂非懂地点点头,好奇地看着眼前的一切。虽然她现在心情依旧很不好,但至少在穆泽的陪伴下也算是转移了一些注意力。

"借此机会考考你吧。你知道'鬼市'的由来吗?"兴许是穆泽也看出兰芳情绪不高,索性故意找点话题聊。

兰芳摇了摇头,表示自己并不知道。

"其实咱们中国很多城市都有鬼市,北京并不算是唯一。不过北京鬼市的由来倒还真是挺有意思,兰小姐请听我慢慢说与你听。"穆泽故意将最后几个字拖了长音,引得兰芳咯咯直笑。连她自己都没有意识到,这是她近几个小时第一次发自内心的笑。"其实北京的鬼市起始于明末清初。那个时候清朝基本已经站稳脚跟,很多明朝没落的大家族日子也都不太好过。时间久了,他们也为生计发愁。要说让他们在大白天变卖家产肯定不现实。别的不说,主要面子上挂不住。所以他们这些明朝没落的大家族中的家眷相互一合计,觉得可以趁着天黑出来兑点东西。于是慢慢就把时间定在凌晨三点来钟到早上天还没亮的五点来钟。这个时段大部分人都在熟睡,方便他们出来摆摊儿。再加上黑灯瞎火的人们也分辨不清究竟谁是谁,也就不存在丢人的问题。那个时候他们主要变卖的东西包括一些祖传古董、服饰、生活用品等等,因为都急需用钱所以基本上很便宜就能出手。慢慢越来越多的人知道他们后半夜出来摆摊儿的事,也就都抱着捡漏儿的心态出来买,自然到手价格也很划算。不过演变到后来就夹杂着一些假货了。有些喜欢走偏门儿的人觉得这是个商机,再加上夜里谁也看不清谁,就有一些人冒充没落大家族后裔出来卖赝品。这种摆摊儿形式一直延续到现在,鬼市上有趣的玩意儿越来越多,基本上也都是真假参半。不过现在大部分来这边的人就是图个好玩儿,感受一下半夜买东西的氛围。要说想在这儿真淘到点什么宝贝,基本上也是极不容易了。"

穆泽一口气将北京城鬼市的由来大体介绍了一番,兰芳在一旁听得有些入了迷。

两人边说边往前走。走着走着,眼前一个摊位吸引了穆泽的注意。

"咦?等一下。"穆泽将手电光照向拐角处的一个摊位,只见摊位右侧摆放着一个银质小天平。

"哇,好精致啊。"兰芳蹲下身拿起天平,赞不绝口。

"哈哈,是挺好看的。不过近距离看感觉有些不太实用。"

"你原本想拿它做什么?"

"其实我是想淘一杆秤,专门用来称我做的蜡烛有多重。不过这个小天平,确实有点太小了。"

听穆泽这么一说,兰芳将天平放回摊位,边走边问穆泽。"你还是打算开一家蜡烛店吗?"

"是啊,我还是想要开一家属于自己的蜡烛店。我实在是太享受制作蜡烛的过程了!更何况每完成一件作品,出来的成品都像是一件艺术品。真是又好看又实用!"

兰芳认同地点点头。"那你打算什么时候开店呢?"

"可能再过几年吧。这几个月我分别申请了美国和法国的学院,那边正好开设了有关调配香薰精油的课程。我觉得将来我店里的蜡烛,不仅仅要外观漂亮,更重要的是里面的成分要很健康。就比如精油调配,虽然为了省事我可以直接购买市面上售卖的一些便宜精油,可我觉得既然想用心做一件事就还是应该把它尽量做到尽善尽美。我不单单希望所有的蜡烛都是我亲手制作的,更希望它们的香气也是我亲手调配的。这样我才算对自己负责,对所热爱的事情负责,对我将来的顾客负责。"顿了顿,穆泽有些不好意思地说。"哈哈,不过如果到时候能有哪个大老板看上了我的店,好好给我投资一把,没准我的发挥空间也能更大一些。"

虽然夜已深,兰芳看不太清穆泽的表情。可她还是能从他的语气中听出他对未来的憧憬与满满的自信。

"那就祝你早日实现你所有的设想！希望将来我可以成为你的第一批顾客。"

"哈哈！没问题！谢谢你的祝福！"

"所以……你就要离开了吗？"不知不觉间，兰芳感到一丝不舍。

"录取通知书还没有收到，不过我觉得问题不大。"顿了顿，穆泽自言自语道，"不过就算是现在收到了我也不能马上走。那件事要是得不到结果，我走了也不会安心。"

"什么事需要等结果？如果需要我帮忙的话，你尽管说。"其实兰芳在说出最后一句话时也有些心虚。对于她这种基本上没怎么接触过社会的人来说，就算穆泽真的有什么需要帮忙的，她应该也是力不从心。可不知为何，她却将这句话脱口而出了。或许，她是真的很想为这个半夜愿意陪她出来的男生尽一份力。

"不用了。"穆泽的语气突然有些沉重。"那件事应该只有我自己才能解决。"

见穆泽突然情绪低落，兰芳没有继续追问下去。这时她才意识到，这个整日看上去朝气蓬勃的少年竟也有暗藏心事的一面。为了让穆泽重现笑容，兰芳知趣地换了个话题。"到了那边你还需要学多久？"

再次被兰芳拉回到有关蜡烛的话题，穆泽缓缓开口："这个现在还说不好，不过我申请的都是可以拿到奖学金的学校，所以就算在那边待的时间长一些我爸妈也不用担心给我换钱的事。我不能因为我的梦想让他们在这把年纪还要拼命为我攒钱，所以……我尽量学成后就早点回来创业，或者我就不回来了，干脆在那边开一家属于自己的蜡烛店也是有可能的。"

听着穆泽对未来美好的憧憬，兰芳是真心羡慕的。她觉得穆泽心中有一团火，眼里有一束光，不论是心中的火还是眼中的光都和当年即将大学毕业的董友文分外相像。可当年的友文心中只有兰芳一个女人，而现如今他的心里却住进了别人。

一想到董友文,兰芳的心头又是一紧。原本以为出来转一转会有助于换个好心情,可实际上她只是得到了短暂的片刻逃避。兰芳掏出手机,上面没有任何消息。

"难道他真的准备和她在外面过夜吗?是不是他们早已背着我有了属于他们自己的新家了?"无数个不好的念头又在兰芳头脑海中生根发芽。刚刚才被穆泽缓和下来的心情,眼看着又要跌回谷底。

"那你呢?你接下来打算做什么?"见兰芳突然不再说话,穆泽笑了笑岔开话题。

"我?"兰芳有些迷茫地看向远方。"我不知道自己还能做些什么,可能我从一开始就没有你们这样的雄心壮志。或许女人真的应该像别人说的那样,要有自己的事业、要有稳定的工作。而不是像我这样,到现在还一事无成。"

"哎哟,瞧你说的。你很优秀呀,懂的东西很多而且审美也很好。"

"可那些终归都是纸上谈兵。读过再多的书又能怎么样,现实生活并不像书中所写的那样可以反复修改、任意更换。现实就是现实,我想做一位好妻子,可究竟什么样的女人才算得上是一个好妻子?"

"其实现在人们的观念早就随着时代的进步而改变了,你才比我大6岁根本不用着急结婚。有的时候我觉得一个人过挺好的,很自在、想法也不会因为另一个人的出现而被束缚。要是能找到合适的最好,找不到的话也不必勉强。所以你不必将自己培养成一个好妻子,而是应该尽可能地去过你自己想过的日子。不瞒你说,我们学校有几对儿师哥师姐都已经离婚了,他们比你年龄还要小几岁呢。不过我觉得这都不算什么,毕竟两个人在一起是为了让自己和对方更幸福,既然觉得不幸福了,那离了也就离了。"

对于穆泽这种从小家庭幸福的孩子来讲，他觉得离婚并不可怕，反而是一种好聚好散的证明。然而他并不清楚，自己这番对于婚姻的阐述却令兰芳思绪万千。半晌，兰芳终于缓缓开口。"也许你说的是对的，如果真的爱一个人就不应该成为他的羁绊。"

"对呀，这就是我的观点。毕竟两个人在一起应该互相支持、相互成全，如果一方老是拖另一方的后腿，我觉得这并不算是真正的爱，而是占有、是强权。"

兰芳勉强挤出一丝笑容。"谢谢你，穆泽，谢谢你今天这么晚了还愿意陪我出来逛鬼市。"

"瞧你，又忘了吧？是'蹚鬼市'。不过也没什么谢谢的，最近我的心情也很复杂，有些事情把我搞得心烦意乱。反正躺在床上也睡不着，倒不如找个人一起出来逛一逛。"

"其实……我早就结婚了。"兰芳突然对穆泽说出这样一句话。

"啊？你都结婚了啊？以前怎么都没听你说过呀。"穆泽吃惊地张大嘴巴。

"以前你们也没问过我呀。"兰芳勉强挤出一丝苦笑。

"你都结婚了还担心什么？我还以为你刚刚说那番话是因为家里逼你早点成家呢。"

"谢谢你，穆泽。我想我知道自己应该怎么做了。"

随着撒摊儿的人越来越多，穆泽和兰芳并肩朝来路返回。仿佛他们彼此都清楚了自己接下来要走的路。他们明白，前方的道路要比自己先前走过的所有路程都更加艰辛且充满挑战，他们必须谨慎选择，必须避免出错！

一个人的前途究竟是什么？是婚姻？是家庭？是事业？还是……或许什么都不是，又什么都可能是……

蹚鬼市

21

无助的真心

"友文，谢谢你陪了我一整晚。"关丽娜的声音从床上传来，自从住进医院她已经很久没有回家睡过觉了。为了能够和董友文见上一面，她特意找医生请了假。原本医生说什么都不同意她出院，直到她主动签下"如果出了问题，后果自负"的文件，医生才不得不在告知她可能会出现的情况后放她出院。

董友文见关丽娜醒了，这才缓缓回过身。他一夜没睡。前半夜，在陪关丽娜聊天，那时关丽娜的酒已经醒了一多半。他们主要是回忆过去，回忆很多连董友文都不清楚的只属于关丽娜的记忆。再后来，关丽娜实在熬不住便睡下了。看着关丽娜消瘦的面庞，董友文的心不难受是假的。他很想弥补她些什么，可他清楚事到如今自己已经什么也弥补不了了。

关丽娜睡着后，董友文看了看时间，显示将近凌晨4点。想了想，还是先不回家了。要真是再开车折回家，路上耽误的时间很有可能误了上午的会议质量。

索性他将台灯打开，独自一人翻看起厚厚的资料。直到关丽娜刚刚呼唤他，他才刚好看完最后一份材料。

"哦？你醒了？"董友文动了动僵硬的脖子和肩膀，肩颈处咔咔作响。

见董友文回身望向她，关丽娜清晰地看到董友文眼下厚重的黑眼圈。"友文，你一夜没睡？"

"嗯，有资料要看，来不及睡了。"

"自从我得病以后，反思了很多事。虽然我得的是那方面的病，但如果以前我没有经常熬夜，抵抗力肯定也不会这么差。所以友文，你以后不要再这么拼了。身体是自己的，钱什么时候赚都来得及！"

董友文搓了搓脸，疲惫地朝关丽娜笑了笑。"放心吧，我没事。你再睡一觉吧，我一会儿就直接去公司了。"

"现在就要走吗？你……能不能再多陪我一会儿？我还有很多话想要对你说。"一听董友文马上就要离开，关丽娜努力坐起身，紧张又不舍地望向董友文。

"潘董想要收一些英国的地，当然也有一些其他业务。这些事主要由我负责，一会儿就要开会了，我必须早一点到，做做准备。"

"潘云富要在英国做项目？"关丽娜若有所思地嘟囔着这句话。"我听说，钟董最近也看上了英国的项目。我现在的身体是不可能再回去工作了，所以具体的事情我也不太清楚。对不起友文，这次没能帮上你。"

"你呀，都什么时候了还说这个。好好把身子养好就行了。潘董和钟董心里怎么想的，咱们又怎么猜得透。我现在只想把本职工作做好，至于他们两个究竟怎么斗、什么时候斗，这些又岂是你我能够左右得了的？"

董友文说完，走去厨房给关丽娜倒了一杯水。回来时，见她已经支撑起身子靠在床头。关丽娜骨瘦如柴的上半身在双人床的笼罩下，显得更加枯瘪。

"来，把水喝了。再好好睡一觉，等有时间我再来看你。"董友文将杯子放到关丽娜身旁的床头柜，将满桌文件装进公文包便朝屋外走。

"友文！"明知董友文不可能为她留下，关丽娜还是用尽全力喊出了董友文的名字。将近 10 年的光阴,匆匆逝去。她曾无数次地想要留住这个她爱到骨子里的男人,可是终究她还是缺乏勇气。直到此时,直到她清楚自己已经时日不多,才终于释放了自己压抑已久的全部真心!

董友文的身子僵了僵,呆立在原地,他深吸一口气缓缓转过身。"丽娜,你好好养病。现在的医疗水平这么发达,你要对自己有信心。我也会去帮你找找有没有更好的医院和更专业的医生,另外……"话到此处,董友文突然表情有些复杂。

"另外什么?"关丽娜满眼期待地回望过去。

"另外昨晚你说得很对。其实你说的那些我都懂,从一开始就懂。可我还是爱她,深爱着她。就像你说的,或许我只是深爱着那个刚刚与她相识时天真率性的自己,或许我想要拼命守护的始终是那个没有被社会雕琢过的自己。但不论出于哪种原因,只有和她在一起的时候我才能感受到内心的平静。只有和她在一起,我才觉得这个世界是如此简单、如此容易。所以我爱她,更离不开她。我想,应该再也没有人能够像她一样让我的世界这么安宁,这么平静。"

关丽娜静静地看着董友文,没再说话。她的眼圈渐渐泛红,可她还是强挤出一丝笑容。她清楚,自己最后的幻想也破灭了。她感谢面前这个自己深爱了 10 年的男人对她的坦诚,同样也再一次感受到钻心的疼。这种疼痛感直逼她的灵魂深处,比身患癌症还要痛不欲生!

直至此刻,关丽娜才终于知道自己究竟是在什么地方输给了兰芳。尽管她觉得自己各方面能力都要比兰芳强,可这个她深深爱着的男人需要的不是另一半在生活和事业上的成功,他想要保护的只是最原始的一个少年对一个少女的爱护。

关丽娜很清楚董友文这些年的蜕变过程,甚至兰芳所不了解的她统统都理解。她懂他的脆弱，就像她懂自己的软弱。

他们都在成长的道路上变得肮脏，变得虚伪，变得不堪，变得唯利是图，变得满身疲惫，他们需要的不再是一个比他们更肮脏、更虚伪、更不堪、更疲惫的人的支持，他们想要的只是最纯真、最原始、最渺小的一丝慰藉。

关丽娜痛苦地笑了笑，又理解地点点头。她终于缓缓闭上双眼，静静听着董友文远去的脚步声。

无助的真心

22

奇怪的匿名信

离开关丽娜的住所，董友文直接去了公司。他非常清楚英国的项目对于潘云富来讲意义重大，同样于他而言也是能否继续高升的另一个重要契机。

像往常一样，他早早地走进公司电梯。提前20分钟到公司几乎已经成为董友文职业生涯中的一个重要习惯。

正当董友文进入办公室准备坐下时，余光正巧瞥见昨晚遗落在地面的那个米黄色信封。信封并不大，董友文弯腰将它捡起感觉比手掌大不了多少。像董友文手里这种尺寸的信封，对于他来讲只有上学时女生们给他写情书时才会用到。不知怎么的，他脑袋里率先想到的竟是潘梦茹。

出于好奇，董友文将信封撕开。不是手写信，而是几张照片。

董友文朝照片扫了几眼，是三张偷拍或跟拍的拍照形式。照片中的主要目标是两男一女，大致看上去应该是很平常的一家三口一同出行。如果他理解正确的话，这些照片想要表达的应该是一对母子在后面站着没动，而孩子的父亲正独自朝路边的一排车辆走去。

董友文搞不懂这么普通的照片为什么会被寄到自己手里，况且还是以偷拍的方式。他拿起刚刚撕开的空信封看了看，上面收件人的名字确实写着"董友文"三个字,而收件地址也精确到了他的办公室。不过有意思的是,发件人那栏是空的,既没有邮票也没有邮戳。看来这封信件并不是通过邮局寄出的,而是被人直接放在他办公室的。

"既然不是梦茹寄的,又会是谁呢?"其中那个女的他确信自己从未见过。至于那个女人身边的男子,看上去应该是她的儿子。不过对于这个小伙子董友文应该也是没有什么印象。既然头两个人他都没有见过,那么第三个人的身份很有可能才是寄信者想要让他真正关注的。"第三个男人究竟是谁?"董友文这下可犯难了。

从着装和身形上看,这个男人应该岁数不小了。不过由于他戴着墨镜和帽子,很难看清他的相貌。

好在功夫不负有心人!经过反复推敲、比对,董友文还真从照片中找出了分辨男人身份的重要突破口!顺着照片中男人走路的方向搜寻,果然在第三张照片右上角处发现一辆黑色宾利。

假如换作是一辆普通的小轿车,董友文可能发现不出问题所在。可这辆黑色宾利他再熟悉不过,这正是潘云富的车!

再次审视照片中那个体态臃肿、戴着墨镜和帽子的男人,董友文越看越觉此人定是潘云富!一股说不出的情绪突然涌上董友文心头。这是什么情况?潘云富为什么会如此遮遮掩掩地去和这对母子见面?他们之间究竟存在哪种关联?

"是去见亲戚吗?如果只是很平常的去见亲戚为什么会被人偷拍?"

"如果不是去见亲戚,这对母子又会是谁?是生意上的伙伴,还是其他什么人?"

然而不论这对母子究竟是谁,潘董也没有必要把自己包裹得如此严密呀。一时间无数个疑问充斥在董友文脑海中。他突然感到一丝不安,因为不论真相是什么，这些和他又有什么关系？为什么这个神秘的寄信人会将这些偷拍照寄到他手里？！对于董友文而言，他可是从未想过要去挖老板隐私的！他很清楚身为一名下属，自己的本职工作和底线分别是什么。与其说这是一个无聊的恶作剧，倒不如说这很有可能会是一个陷阱。

然而鬼使神差地，董友文却觉得自己手中攥着的这三张照片像是一张尘封多年的藏宝图。或许潘云富真的和照片中的另外两人有着不可告人的秘密，而他董友文很有可能会成为这个世界上为数不多的知晓这个秘密的人之一。一种无法克制的好奇心吊足了董友文的胃口，即便他试图说服自己应该将照片销毁，可一双手却不受控制地将它们攥得更紧！

23

跟踪

在"跟踪"方面，董友文并没有多少天赋。会议结束后，潘云富对董友文他们小组的方案给予了高度肯定。

"喂，小刘啊。等下你把车钥匙给我送来就可以下班了。对对，今天不用你开车。"

当司机遵照潘云富的旨意将宾利车钥匙递交到潘云富手中时，董友文更加坚定了自己内心的猜测。"他肯定又要独自去见那对母子！"

在得到董事长的高度认可后，董友文小组内的其他成员相当兴奋。他们觉得董事长能在这次会议中意外出现，足以证明英国项目的重要性以及董事长对他们几人的重视程度。潘云富走后，其中一人提议："既然咱们的方案已经得到了潘董的认可，大家这段时间的辛苦就算没白付出。正好借着友文刚刚回国，咱们一起出去吃顿好的，一方面给友文接风，另外也算是犒劳犒劳咱们自己！"

众人听后，一阵欢呼。唯有董友文略带歉意地看向大家："感谢大伙儿这段时间的努力付出。我去美国这段时间，基本上全靠你们在北京没日没夜地赶方案。实话跟大家说，我天天盼着大家伙儿能早点吃上庆功宴！但今天实在不行，家里确实有急事。你们等下好好玩，晚上的单我来请！"

"别呀，友文。"几位女同事立马不干了。"虽然我们这段时间总是加班加点，但主要的思路都是照着你上次给我们说的那样去办的，所以今天潘董才会一直夸咱们办事效率高。按道理来讲，你才是咱们团队的大功臣！你要是等会儿不参加，这个庆祝活动岂不是失去了一半意义。"

"就是呀，一起去吧。"几个男同事也在一旁帮腔。

眼见潘云富的身影就快消失在走廊尽头，董友文顾不上再和他们东拉西扯。"实在对不住，家里真有急事。要不这样，改天我再给大伙儿补一个！今天你们先来一波，等咱们和英国那边签完合同我再找地儿好好和大家玩到尽兴！"

没等众人再次开口挽留，董友文已经朝电梯口奔去！

紧赶慢赶，在董友文钻进汽车的同时，潘云富也刚刚发动宾利。为了避免被潘云富发现，董友文决定和潘云富拉开一到两辆车的车距。

董友文的想法虽好，可实施起来却出现了太多不确定因素。只见一会儿有车加塞儿，一会儿有车并线，一会儿又有车窜来窜去地超车。就这样跟着跟着，潘云富的宾利已经从董友文眼中彻底消失了。

董友文暗叫一声"不好！"抓住空隙猛打方向盘，这才在一连超了几辆车之后再次看见那辆熟悉的汽车身影。擦了擦额头上渗出的汗珠，董友文的心总算是稳定下来。直到此时，他仍旧没搞清楚自己究竟为何冒着被发现的风险还是很想窥探潘云富的秘密。

又行驶了大约四十多分钟，潘云富减慢车速，将车拐进一片老旧居民楼。见潘云富找了个路边的位置将车停下，董友文也见缝插针地在不远处找了一片树荫隐蔽起来。

潘云富并没有马上下车，准确地说他一直在车里坐了足足十来分钟都没有下一步动作。在如此这般安静且无聊的氛围里，董友文终于从一个狂热跟踪狂的角色中慢慢抽离出来。

那三张照片固然具有一定吸引力,但他也犯不着如此这般丧失理智。他突然觉得自己有些可笑,有些滑稽。就算潘云富和这对母子之间确实存在着某种不可告人的秘密,和他董友文又有什么关系?他只要做好自己的本职工作不就可以了吗?如此这般冒险跟踪,且不说并非君子行径,要是被潘云富发现了,那可真叫一个得不偿失!

理智终于战胜高风险的好奇心,被压制已久的困意再次升起。"算了,就跟到这里吧。趁着还没被发现,回去好好睡一觉才是硬道理!"

就在董友文决定掉头回家的一瞬,潘云富的车门突然从里面打开了。这一突发情况让原本决定打道回府的董友文又突然来了兴致。看着那个臃肿的身影缓缓走下车,董友文下意识地又将挡位挂回到 P 挡。他躲在方向盘下将头压得很低很低,生怕被潘云富发现了踪迹。

朝着潘云富面对着的方向望去,董友文果然看到了照片里的那对母子!与潘云富那副点头哈腰的架势不同,那对母子明显对潘云富表现得极为冷漠。

董友文自然听不到他们三人在说些什么。只见潘云富一个劲儿地用手比画着什么,试图说动这对母子,而母子二人却有好几次倔强地别过头。他们这种一方威压、一方讨好的状态一直持续了将近十来分钟。直到那个男生从口袋里掏出什么东西递给潘云富,潘云富这才终于如释重负地露出笑容!他激动地接过男生递给他的小袋子,小心翼翼地装进上衣口袋。潘云富张开双臂想要拥抱那个男生,可男生向后一退避开了潘云富的难掩激动。

躲在车内的董友文虽然仍旧听不到他们的谈话内容,但从潘云富双手合十、频频弯腰感谢的动作上看,他应该是得到了他期待已久的东西。看到此处,董友文不禁更加困惑。"那个男孩究竟给了潘董什么?对于潘云富这种成功的企业家来说，最近几年可以说是要风得风要雨得雨。到底这对儿平凡的母子手上有什么了不起的东西值得他这样卑躬屈膝？"

又过了一小会儿，潘云富这才恋恋不舍地离去。只是他离开前的一个举动，再一次让躲在车里偷窥的董友文大跌眼镜。只见潘云富庄重地将帽子和墨镜摘下，面朝那对母子深深鞠了一躬。即便他直起腰杆后面对他的仍旧是母子二人冷漠的扑克脸，可潘云富却显得分外满足。

潘云富将车开走后，董友文突然萌发出一种想要近距离看看那对母子的冲动。他走下车，故作镇定地朝那对儿母子走去。离近之后可以看出那位母亲确实已是中年妇人，尽管她看上去很面善，可脸上的皱纹却并没有因为她的善良而退让几分。那个年轻男子则显得阳光帅气，两人站在一起与其说是母子不如说更像是一位年龄较大的姐姐和一个年纪轻轻的小侄子。

出乎意料的是，董友文在二人面前走了个来回，他们却因各自装着心事并未有所察觉。与其说他们没有在意身边出现的是什么人，倒不如说他们二人正一动不动地站在原地冷战。很显然，那位母亲始终无法理解为什么男生会将那包东西交给潘云富。而男生，却始终用沉默代替回答。

离开这片本不应该冒险踏足的土地，董友文拖着疲惫的身躯回到家里。原本他以为兰芳会在家中等他，可迎接他的却是茶几上的一封信。

这是兰芳写给他的，在一张很大的白纸上只写了简短一句话。"友文，我回我爸妈家住几天。"

如果此时的董友文再稍微细心些，一定能够发现茶几旁边的垃圾桶里有很多撕碎的纸片。那些被兰芳撕碎的内容，才是她真正想对他说的话。那些碎片上有她对他的质问，她对他的依赖，以及她对他失去的信任。她渴望得到他的回应，她渴望他主动向她坦白。她想要告诉他，这一次她是真的生气了。她想要告诉他，她决定离家出走了。她想要告诉他很多很多，可是最终，她还是把它们撕碎了。

她终究还是没有底气，缺乏勇气，更害怕真的失去。她还是深爱着董友文的，这种爱早已渗进她的骨髓。从学生时代起，到他们渐渐长大。他们共同走过了那么长的路，又怎么可能因为董友文的一次出轨就彻底分离？

兰芳是可以原谅他的，只要他开口挽留，她觉得自己什么都可以为了友文去妥协。可是整整一天一夜，董友文不但没有回家甚至没有给她打过一通电话。所以她走了，哭红了双眼离开了这个家。她并不是带着怨恨离开的，而是带着期盼走的。她一直盯着手机，期盼着她最爱的男人喊她回家！

对于兰芳写的这句简短便条，董友文并没有太放在心上。熬了这么久，他确实已经困到连眼睛都要睁不开。可是出于他对她的爱，董友文还是决定给兰芳打个电话，问问情况。这通电话当然不会是兰芳所期待的道歉或挽留，只是董友文想问问兰芳这么急着回去，是不是家中出了什么事情，要不要他帮忙。

然而董友文还没将电话拨出，就被另一个人抢先一步拨了进来。当看到这个人的姓名出现在手机屏幕上时，董友文先是一愣，随后才谨慎接起电话。

"喂，您好。"

"你好，小董。我是钟启发。"

钟启发沉稳的声音不急不缓地传入董友文耳中。

"钟董您好！请问您找我有什么事吗？"

"还确实是有点事想找你聊聊。怎么样，今晚有空吗？"

董友文看了一眼时间，心想既然老婆也不在家，公司的规划方案也基本确定了方向，索性和他吃顿饭也不是不可以。只不过上次听关丽娜说他们现在也想做英国的买卖，在这种敏感时期去见他会不会对自己产生不好的影响？

见董友文停顿片刻没有说话,钟启发在电话那头哈哈大笑。"小董啊,年纪轻轻就这么谨慎吗?放心,潘云富是不会在意你下班后和谁一起吃饭的。我要是那么容易就能把你挖走,上一次你还会选择去他那边工作吗?"

董友文听后,急忙解释。"没有没有,钟董,我没有那个意思。那您觉得我们什么时候见面合适?选在什么地方?"

"司机已经在你家楼下了。你准备好以后,随时出发。"

钟启发的声音听上去还是那么波澜不惊,可这两句话却令董友文不寒而栗。"难道他刚刚派人跟踪我了?不然为什么我才刚进家门他的电话就这么及时地打来了?"想到这儿,董友文握着手机的右手不自觉地颤了一下。

挂断电话,容不得董友文多作犹豫,他跑去卫生间用冷水洗了一把脸。冰凉的自来水确实击退了董友文的部分睡意,然而布满红血丝的疲惫双眼却诚实地劝告他不要再继续透支自己的身体。顾不上多想,董友文将脸上的水珠擦干,立即动身下楼。毕竟身为一个男人,不论即将面对的是何等风浪,他都必须逆流而上!

跟踪

24

游戏一场

Yesterday

Yesterday, love was such an easy game to play

——The Beatles

"听司机说你刚上车没一会儿就睡着了。工作固然重要，但身体也是自己的嘛。"

"是的，钟董。刚才在您车上打了个盹。"董友文试探性地看了钟启发一眼，"不知您今天找我来所谓何事？"

虽说钟启发的年龄和潘云富相仿，可不论体形还是穿着，钟启发只要出门见人都会把自己倒饬得相当利落。

"不急不急。咱们先吃饭，等吃饱了再往下谈。"

钟启发招了招手，示意服务生可以上菜。服务生接到指令后，分别给钟启发和董友文每人端上一盘牛排套餐。

这并不是一家风格考究的西餐厅，牛排的选用和摆盘看上去相当普通。董友文下意识地看了看四周，空空如也再无其他食客。

"从这家店刚一开张我就是这里的常客，算下来已经将近 20 个年头。知道你担心人多眼杂，所以今天我把它包下来了。"

没等董友文开口，钟启发率先说出缘由。

"如此说来，这家店的牛排一定做得非常地道了？"

"地不地道我不懂，对西餐没什么研究，只不过这里的牛排很合我胃口。"钟启发抿了一口红酒继续道："我是一个很念旧的人，只要他们的厨师没有对菜品有太过明显的改动，我基本上不会再去第二家餐厅吃牛排。当然，这也是我一贯的处世原则。"

钟启发说完这番话，看似无意地瞟了董友文一眼。而正是这一眼，更加确定了董友文对于这句话的理解。

与其说钟启发明面上是在聊吃的，倒不如说他想借此表达只要在他手底下工作的人没有犯太大的错，基本上他都不会将他们淘汰出局并给予他们专属的认可。

"开动吧，再不吃等下全凉了。"钟启发做了个"请"的手势，示意董友文先动刀叉。

"好的，钟董。正好我还空着肚子，那我就不客气了。"

董友文轻轻切下一块牛肉，看成色应该是 Medium Well。将牛肉送入口中，果然只是很普通的一款牛排而已。没有入口即化，也并非难以咀嚼。

董友文一开始切得很慢，吃得也很慢。他始终摸不透钟启发究竟想找他聊些什么。不出意料的话，多半还是和英国项目有关。董友文并不是一个嘴巴很松的人，他有把握不论一会儿钟启发如何套他的话，他都不会让自己成为一个商业叛徒。

然而他不开口说话，钟启发也不开口说话。两人就这样沉默不语地面对面做着同样的动作——切肉和将肉送进嘴巴。这样的氛围不免显得有些尴尬。不过觉得尴尬的人或许只有董友文一人而已。

差不多牛排吃进去一大半，董友文有些等不及了。原本慢条斯理切牛肉的手，突然加快几分。他想赶紧吃完这顿饭，赶紧听听钟启发找他来的真正意图。

当董友文将最后一块牛肉咽进肚中,钟启发也刚好吃完他盘中的最后一块肉。

"你瞧,小董,咱俩还真是合得来。连吃饭的速度都这么同步。"钟启发皮笑肉不笑的样子让董友文更加确信,一顿饭的工夫钟启发已经读透了他刚刚由慢变快的全部心理。

董友文礼貌地笑了笑。"牛排很好吃,谢谢您的款待。"

"你能喜欢,我很开心啊。证明咱们二人对于美好事物的认知度,也颇为一致嘛。"

董友文讨厌这样虚伪的客套,于是不再作声,只是继续微笑着望向钟启发。

"好了,小董。饭也吃了,我也就不绕弯子了。想必你已经猜到我找你来的真正原因。不过我找你来不仅仅是想和你聊聊英国的项目,更多的是想聊聊你的前程。"

"感谢钟董对我这个晚辈的厚爱。之前就听到过一些传言,说您也打算竞标英国那几块地。原先我还以为只是传言,不过既然您亲口提起,恕我直言恐怕我今天真的不太方便向您透露我们目前的进展程度。毕竟双方现在是竞争关系,这一点相信您肯定会理解。"董友文鼓足勇气,直接拒绝。

"哈哈,好吧,小董。那咱们今天就不聊英国的项目,聊聊你的前途如何?"钟启发被董友文拒绝后,不但并未恼怒,反而显得分外轻松。

"关于我的前途问题,我觉得现在潘董对我还算比较重视,像英国这么大的项目按理说不应该交给我这个刚进公司没多久的新人去做,可是他却给了我很大权限。所以我很珍惜这次机会,也会好好在潘氏企业努力工作,为自己的未来负责更为潘董的信任负责。"

钟启发听后,只是微笑。

"英国的项目不用你对我说什么,而是我想向你透露点信息。至于你的前程嘛,你也别急着下定论,或许听完我的见解,你会有一些新想法。"

钟启发不但不打算从董友文嘴里套话,反而打算给他放话,这倒让一直紧绷心弦的董友文有些摸不清钟启发的葫芦里究竟卖的是什么药。

"那……晚辈洗耳恭听。"

董友文的惊讶正是钟启发想要看到的,他满意地点点头,缓缓开口。

"要说咱们两家公司竞争那几块地,需要的手续和程序都没多大差别。唯一的区别在于他们给我们的价格要比给你们的低得多。至于过程我不便向你多说,用了一些非常规的手段肯定在所难免。之所以跟你提这些是因为你很清楚如果我们拿到了这个项目,今后的利润肯定要比你们高得多。当然,英国人也不傻。他们的交换条件是,需要我们给指定的3所学校进行捐款。"见董友文并没有提出疑问,钟启发继续说。"算上捐款的钱,等于他们也就变相把最初给我们让的利又拿了回去。所以如果这事成了,从明面上看,我们占了不少便宜,可实际上我们和潘云富最终的收益是相差不多的。"

"您……为什么和我说起这个?"董友文并没有避开钟启发的眼睛。

"原因很简单,因为我想挖走你。"同样地,钟启发尖锐的目光正死死盯在董友文脸上。"我和潘云富打了一辈子交道,他始终略胜我一筹。我和他都快到了在家安享晚年的岁数。虽然很多时候觉得自己还有满腔雄心壮志,但毕竟岁月催人老,精力和想法已经没有年轻人敏锐了。我想趁退休前,再扳他一局!"钟启发在说最后这句话时,两眼放光、斗志昂扬。"请不要觉得我这样的想法很荒唐,毕竟你还年轻理解不了我们之间的往事。我和他这几十年每走一步都想方设法压对方一头。最初是出于各自的利益,可到了现在这把年纪,我们还能货真价实地玩上几局?小董啊,我也没必要瞒你。这一次我不想输,我也输不起！"

钟启发吐露完心声，满怀期待地看向董友文。然而董友文并没有立即接话。说实在的，董友文觉得钟启发现在十分可笑。为了一个所谓的二人对决，堂堂钟董竟然屈身与对手公司的员工吃饭并恳请对方来到自己阵营。董友文实在搞不懂自己怎会一夜之间就成为了钟、潘二人决定胜负的筹码？这简直太荒谬了！

思索片刻，董友文终于开口。"钟董，您和潘董之间的事我并不了解，也不想参与其中。我只想好好做完我分内的工作，至于其他的事情，我真的无能为力，也不愿成为一个商业叛徒。"

"年轻人，别急着下结论。听我慢慢把话说完。"钟启发依旧那般气定神闲。"我自然不可能什么都不给你就让你替我干活。明确跟你说，学校捐款的事和那片地的竞标可以分为两大块。学校的事你不用参与，但如果我能低价拿到那片地，并以目前估算的价格将它卖出去，这其中的利润想必我不说你也能算得出来。"

说话间，钟启发递给董友文一份复印件。董友文接过一看，上面不仅有英国方面的公章，也有一个很明确的价格。而这个价格，确实比他们给潘云富的低得多！

"原件我自然不能拿给你，但这份写有底价的复印件已经足够说明我对你的良苦用心。如果你把它交给潘云富，我无话可说。但如果你是一个有心人，拿回去对比一下它的真伪，应该可以好好思考我接下来要说的我们之间的合作模式。"

董友文没再说话，因为他手中这份复印件看上去并非作假。

"如果你愿意来我们公司做事，我会像潘云富给你承办工作小组那样也让你来我们公司担任英国项目的领头羊。除此之外，你的年薪我给你多加20%，另外再给你英国项目百分之十的干股。不知道潘云富有没有向你提过这样的好处？我猜就算他主动和你提过也不超过一个百分点。有了这百分之十，别说涨不涨工资、升不升职，就算你立刻辞职回家后半辈子也吃穿不愁了。"

百分之十？当董友文听到这个数字时，整个人都呆住了。英国的项目他跟进了这么久，其中的利润总额他再清楚不过了！百分之十，这对于他来讲简直就是天文数字！

"我……"董友文仍旧想要说些拒绝的话，可话到嘴边却好似被什么东西善意地堵住。

"别急，我还没有说完。"钟启发做了一个噤声的手势。"知道为什么我是今天叫你来见我，而不是昨天或者明天？"

"这个……我还真没想过。"

"因为今天你跟踪潘云富了，也知晓了他和那对母子见面的事情。"

钟启发此话一出，董友文差点没从椅子上蹦起来！钟启发果然还是派人监视他了！而且那三张照片很有可能也是钟启发找人放在他办公室的！"钟启发为什么要这么做？他是不是也拍了很多我跟踪潘董的照片，并以此作为要挟？！"一时间，董友文的脑袋乱作一团！他顺手拿起右手边的玻璃杯猛灌几口水。

眼见董友文的脸色一阵红一阵白，钟启发不慌不忙地摆摆手。"别紧张，我的朋友。我是不会出卖你的，况且也没有这个必要。假如真的将你告发，对我不但没有好处，反而会让你离我越来越远。你要是也离我而去了，我对抗潘云富的概率岂不是又小了许多？"

"那您……"

"你一定很好奇那对母子和潘云富之间究竟是什么关系吧？"钟启发似笑非笑地冲董友文挑挑眉，故作神秘地压低嗓音。"经过我的调查，女的是他前妻，男的是他儿子。"

"啊？儿子？潘董居然还有一个儿子？这……这不太可能吧，因为我常常听他说他这辈子只有一个宝贝闺女。"

"是，没错。在他不知道他有这个儿子存在前，他确实这辈子只有一个孩子。可现在，他最想做的就是赢得他们母子的原谅，让他这个失散多年的儿子重新回到他的身边。"

"可即便如此，这和我又有什么关系？！"董友文实在是被钟启发搞迷糊了。就算这一切都是真的，钟启发又何必说与他听？

"和你当然有关系，而且还是很重要的关系，可以影响到你前程的关系！"董友文不解地看着钟启发，难以置信地拼命想将自己从中撇清。

"潘云富的女儿叫什么来着？没记错的话，是叫潘梦茹吧？"见董友文点点头，钟启发继续说，"你觉得潘梦茹有可能接手潘氏企业吗？"

"据我对梦茹的了解，她接手的概率应该微乎其微，毕竟她所学的专业与经商毫无关联。"

"那你觉得潘夫人呢？"

"潘夫人应该也没有能力接管潘氏企业。"

"你们公司的那几个股东，基本上年龄都和我差不多。就算他们之中有年轻一点的，潘云富也不可能把自己打下来的江山让给别人。所以他儿子的意外出现，瞬间化解这些年一直困扰他的难题。不管他儿子学的是什么，懂不懂做生意，这些都不重要。重要的是，他潘云富想不想培养他，想不想让他继承潘氏企业！"

"就算潘董想让他儿子继承他的产业,这也没有什么不妥呀。"

"对于他们来讲,这确实没有什么不妥。可对于你来讲,就不一样了。你在公司没有任何根基,除了潘云富罩着你,你还有其他后台吗?刚才你自己也说,你才刚去他们公司没多久,潘云富就把英国这么大的项目交给你来做,这背后记恨你的人应该不在少数吧?假如有一天潘云富将权力全部交到他儿子手中,你能确保他儿子也会像潘云富那样重用你?万一到时有人给他煽风点火,那小伙子年轻气盛直接把你扫地出门也不是没有可能。虽然这是最坏的设想,但你不得不承认确实存在这种可能性。每家公司但凡有高层出现重大人事变更,公司内部大洗牌必将在所难免。你就这么确信被洗掉的人不会是你?"

钟启发这番话尽管说得平静,可听在董友文耳中却字字诛心。他说得一点不错,万一这一天真的到来了,那他董友文的前程岂不是就此断送了?!

见董友文眉头微蹙,钟启发明白自己刚刚那番话已经起了作用。他让董友文安静想了几分钟,这才语气缓和地说:"不过你也不必太过担心。你看,我这不是主动约你出来聊了吗。今后的路究竟该怎么走,还得你自己决定。我给你一个月的时间考虑,一个月之内只要你肯来,承诺你的都会一笔一画写进合同里,不论将来你是否离职,只要英国项目不倒,属于你的钱指定一分不会少。我钟启发的做事风格你应该多少也有耳闻,他们肯定都觉得我在生意场上极度严谨。确实,我就是这么一个人。可为了和潘云富打响这最后一战,这个利我让你赚!当然,我也不可能白白送钱给你。这段时间你们设计的方案,我需要你在加入我们时全部拿出来。好了,年轻人,你好好琢磨琢磨。一个月的时间,足够你判断。这是我和老潘之间的游戏,要不要当赢家,你自己决定!该说的都说了,我就先走了。"话音刚落,钟启发起身便走。唯剩董友文一人,脑袋发空,僵坐未动。

游戏一场

25

妻子的秘密

隔膜

多半来自

说的太多和太久沉默

回到家，董友文直奔书房。尽管他已经将近一天一夜没有合眼，可他现在急需寻找到答案！

董友文有很长时间没去书房翻阅资料了，准确地说自从他频繁出差后便很少在家里办公了。

没有兰芳守护的家显得空空荡荡。此时此刻他多么希望她能默默陪在他身边。

书房的书桌总共有四个抽屉，倒数第三个和第四个是董友文存放英国项目和公司其他业务的专用抽屉。他将全部资料从抽屉中拿出，一张一张仔细翻阅。终于，找到了他原本放在牛皮纸袋中的那份复印件。

拿起两张纸对比，除了上面所显示的数字及两家公司名称不同，其他信息全部一致！也就是说，钟启发刚刚所言非虚！在有"为学校捐款"的条款支撑下，董友文有七成把握确信钟启发应该更有机会拿下英国那片地！

"既然钟启发已经攥有七成把握，何必再提出挖走我？"董友文思索良久，终于勉强给出自己一个看上去还算说得过去的解释。对于钟启发这种久经商场的人来讲，七成把握还远远不够。为了使成功的概率更加接近百分之百，钟启发的确有理由这么做！

想明白这些，董友文将身子重重后仰，紧贴椅背。自从他下了飞机开始，将近24个小时所发生的事，确实称得上信息量巨大。他先是满北京城地寻找关丽娜，随后得知她得了重病，接下来在办公室看到那三张照片，于是他壮着胆子跟踪他的老板，最后他被钟启发告知想要以极其诱人的价码挖走他，但条件必须是他将成为商业叛徒并将潘云富最认可的方案一并献给钟启发。

董友文越想越觉头疼。他闭上双眼，单手揉着太阳穴。钟启发开出的条件确实足以让很多人不顾一切，可他董友文不愿就此败坏自己的名声。他想要挺直腰杆得到他想要的一切，他不想以这种卑劣的手段赚取很有可能在将来通过自身努力也能赚到的钱。

"哎，算了，还是先不想了。"董友文叹息一声，用力搓了搓脸。他确实太疲惫了，必须马上睡一大觉。所有这一切，不论好的坏的，都等到完全清醒后再说吧！

正当董友文说服自己不去思考这些伤透脑筋的事，准备起身离开书房时，他下意识地瞥见桌上摆放了一个木质相框。相框不大，也就巴掌大小。董友文记得以前书桌上并没有出现过这个相框。他猜想，这应该是兰芳特意裱上去的他们二人的合照。

当董友文满眼幸福地将相框拿近，看到这的确是一张合照不假，只不过不是他和兰芳的合照，而是兰芳上课外班时拍摄的集体合影。

一眼望去，照片中全是女性，只见每个人手中都捧着一款造型别致的蜡烛。不难猜测，这一定是蜡烛班的学员了。

由于照片尺寸实在不算大，里面人数又多，董友文找了半天才找到自己老婆。照片中的兰芳可真漂亮。她没有化妆，却显得格外出众。董友文不禁弯起嘴角笑。

就算工作再艰辛，前途再不确定，可他始终拥有这个最爱他的女人陪伴在他身侧。一时间，董友文彻底将自己刚刚和钟启发的谈话抛诸脑后。现在的他不再焦虑、不再恐惧，每当他看到她，都会使他分外平静。

然而令董友文没料到的是，这次的平静却异常短暂！当他瞥到兰芳身旁那个同样捧着蜡烛的学员时，他整个人都愣住了！

照片中兰芳身旁站着的明显是一个男生，也可以说是这张照片中唯一一名男性！他笑得那样灿烂，仿佛他的笑容可以将周围人温暖。他离兰芳很近很近，近到他们二人的袖子都贴在了一起。董友文并不是一个爱吃醋的男人，可这一次他确实傻掉了。因为这个男生不是别人，正是他今天看到的那个递给潘云富东西的男生！也就是钟启发口中所提到的潘云富的亲生儿子！

"嗡"地一声，董友文的脑袋仿佛被雷电击中。他不敢置信地拿着手中的照片翻来覆去地看，希望能够通过无助的双眼将脑海中这个可怕的念头彻底推开。然而无论他多么不想承认，事实就是事实，照片中的这个男人正是他今天看到的那名男子！

"潘云富的儿子怎么会和自己老婆搅在一起？他们为什么会相遇？为什么老婆从没和我提起过这个男人？"无数个念头一遍遍地在董友文心中跳跃闪现。念头一起，便挥之不去。

如果这张照片还不能证明什么，那么当董友文跌跌撞撞地回到卧室，发现兰芳那侧的床头柜上所摆放着的双面绣扇时，他终于崩溃了！是的，没有错。直到看见这把扇子，董友文心中所有的猜测全都串联在一起！

这把扇子他以前见过，是在潘云富美国豪宅中的地库中见到的！那天给董友文留下印象最深的就是那个被他撞到过的假人。那个假人身上穿着一件并不出彩的墨绿色旗袍，而它身侧正好有一把与家中这款极为相似的双面绣扇！是的，他不会记错！床头柜上放着的绣扇，不论外观还是配色绝对出自同一人之手！而这个人根据种种迹象表明，她一定就是潘云富的前妻！也就是董友文今天跟踪潘云富时看到的那个女人！

这把扇子为什么会出现在自己家里？！兰芳究竟和他们有什么关系？！他们是从什么时候起认识彼此的？！又是什么缘故才会让那个女人送给自己妻子这柄扇子？！更何况，现在不单单是这个女人认识兰芳，连她和潘云富的儿子也和兰芳搅在一起！

突然间，董友文觉得自己就像是一个白痴。他自以为自己可以把控家里家外的一切，可实际上他却好像对兰芳一点都不了解。

她确实很乖，很听话，不张扬，不做作，可她的话极少，少到董友文误以为她这些年已经将全部心里话都留到董友文下班后讲给他听。少到让董友文误以为她的生命里只有他一个人而已。

然而事实并非如此，至少在看到这张照片和这把绣扇后董友文才真正意识到事实并非如此。她应该有很多朋友，很多并没有介绍给董友文认识过的朋友。这对董友文来讲，无疑是一个重大打击。他并非想要阻止兰芳结交朋友，只是她是从什么时候起不再向他坦露她每一天的经历？

想到此处，董友文顿感背脊发凉。他实在无法接受自己一直想要保护的女人其实是一个表面对外人冷淡，实则交际很广的女人。他不愿意相信这一点，他无法接受这样的猜测！而最令他无法接受的莫过于每当他下班回家，兰芳都是一副在家足足等待了他一整天的样子，那种刻在兰芳脸上的寂寞与孤独，是董友文想要拼命赚钱早点退休从而陪伴兰芳的最大动力。他以为自己会是兰芳的唯一，可他没有想到和兰芳相比自己才是那个最最孤寂的可怜人。董友文并不是没有检讨过自己，他时常在想自己是不是对兰芳不够关心。可每当他询问她今天过得如何时,她总是回答那句:"我今天没做什么,一切都好,老样子。"

他以为她的"一切都好"是在家里安心等他回家,不承想,她竟背着他结识了潘云富的儿子和前妻!

董友文承认,自从自己跳槽到潘云富的公司后就经常出差,陪伴在兰芳身边的时间越来越有限。可难道是他想要出差的吗?他还不是为了能够给兰芳创造出更好的物质条件才如此拼命?!可为什么他为她付出了这么多,最终她还是选择背叛了?

兰芳的离开,只是一张仅有一句话的便条。现在她连电话都不愿意打给自己了吗?就这么敷衍几个字、随便写几笔?

董友文的心在滴血。他并不是一个小心眼的男人,也不是一个疑心病重的人。可毕竟照片中的男人非常特殊,特殊到他不仅与潘云富有关,甚至惊动到了钟启发。为什么一向与世无争的妻子会卷入这摊浑水?究竟是无意闯入,还是她早已不甘于待在家中?!

26

打道回府

出了机场,兰芳拦下一辆出租车。透过车窗向外望去,路上的车辆很少,和北京拥堵的道路相比这里好似世外桃源。

越快要到家,熟悉感越强。可也仅仅是熟悉,而非温暖。

好在她是中午到的,这个时段大多数邻居都在午休,也就避免了她不愿与他们碰面的尴尬。小时候,兰芳最怕被人询问学习成绩。而现在,她则怕他们询问她在北京的生活状况。

"老公怎么没跟着一起回来呀?"

"生没生小孩?孩子多大了?"

"在北京上班累不累?待遇好不好?"

……

是的,这些问题她都无法作答。

见四下无人,兰芳拎起行李匆匆上楼。她已经好几年没有回来过了。她不想家,好像这个家也不想她。

屋内没人,不知爸妈去哪了。家中的家具还是老样子,唯一改变的应该就是门廊上挂着的挂历不再是去年的。

推开卧室门,里面的陈设还和她离开时一样。尽管她是清晨临时告知父母今天会回来,可迎接她的唯有床单、桌面和地板上那层薄薄的尘埃。

兰芳用抹布将桌面和衣柜擦干净,换了新床单又扫了一遍地。这些在北京都由董友文为她安排的小时工来做的事情,回到这里却再也没有人替她摆平。她平躺在床上,等待着父母回来。不过也仅仅是等待而已,并没有掺杂更多情绪。

几小时后,她没有等到妈妈的拥抱、爸爸的疼爱,而是母亲一连串的质问。

"你还知道回来呀?这么久了自己不回来就算了,从来没提过让我们去北京住住。你这次回来有什么事啊?是不是跟董友文吵架了?你说你天天又不上班,也没个固定收入,你有什么底气跟人家闹别扭啊?要我说你就赶紧回去认个错,要实在拉不下脸也行,那你就赶紧出去找份工作!我和别人打麻将还天天吹嘘你,说你在北京过得如何如何好。有时候说出去的那些话,自己都觉得脸红!行了,你晚上想吃什么?我去给你做。"

兰妈妈其实是很爱女儿的,只不过她不懂如何表达。总觉得只要给女儿吃饱饭、安安稳稳地将她养大,就会是对她最好的养育之法。然而在兰芳内心,却觉得自己是一个无家可归的人。她并不希望妈妈让自己早点回到友文身边。她想要的,是听妈妈说:"怎么了闺女?是不是董友文惹你生气了?没事的,你别怕,有爸妈替你撑腰!那小子要是不过来接你回去,不跟你道歉,你就一直在家里住下!就算他不要你,爸妈也一辈子养着你!"

不过很显然,兰芳这辈子都不可能听到这样的回答。

所以她只是简单回了句:"我不饿。"

于是便又被妈妈一顿责骂。

"你天天拉着个脸给谁看啊?别人家的孩子都已经开始孝顺父母了,你再看看你,还得我们伺候你。你爱吃不吃,饿了也是自己活该!"

兰妈背过身摔门走进自己的房间，还没走到床边却已经哭了出来。其实她是想对女儿温柔的，其实她也不想说出那些话的。可是她觉得委屈，觉得恨铁不成钢。这二十多年来，她和丈夫成天在外面看人家脸色，低三下四地抬不起头，为的不就是多攒点钱让女儿将来变得比他们有出息吗？可是兰芳呢？成天也没个正经事情做，好不容易嫁给一个各方面条件还算不错的男人，也不知道早点给人家生个孩子。她就这样浪费生命、虚度光阴，根本不知道体谅父母的良苦用心！然而现在呢？现在她又卷着铺盖卷打道回府。她是被董友文赶出来了吗？还是因为她有什么地方做得不好，得罪了夫家？要真是那样，他们这对老夫妻又得为这个没有工作的女儿继续出去打拼。难道他们这些年受的罪女儿感受不到吗？为什么不论她如何苦口婆心地劝说，女儿始终顽固不化，甘愿这样自暴自弃？

就这样，兰芳在老家一待就是一个月。这一个月她过得并不开心，她的父母也很替她担心。可他们始终找不到正确的沟通方式，双方就这样僵持着直到兰芳再次踏上飞往北京的班机。

"要不你给小董打个电话吧。"见女儿过了安检口，兰爸提议。

"为什么要我打？你怎么不打？"兰妈仍旧嘴硬。

"你呀，就是刀子嘴豆腐心。其实芳芳想的我都懂，她无非就是想让咱们硬气一点，这样她在北京也能过得更有底气。"

"难不成让我骂他一顿？"

"骂他倒不至于。但至少让他好好对芳芳，就说……"说到这儿，兰爸突然一拍大腿一跺脚。"就说，如果要是让咱们发现他在北京欺负芳芳了，咱们一定不会轻饶他！"

从最开始对董友文的恨，到渐渐希望他主动来找自己，再到最后她在父母家找寻不到一丝慰藉,兰芳终于自我催眠般地告诉自己:"友文出轨就出轨吧。至少他绝大多数时候对我还是很好的,或许我给他生个孩子他就可以回心转意了。"

是的,她不再怨恨董友文了。假如她连他都失去了,那她便真的一无所有了。

但是她恨关丽娜,仿佛她把对董友文的恨全部转向了关丽娜。这应该是很多女人的通病吧?明明犯错的是男人,可她们却只怪小三搅乱了她们原本幸福的家。

然而说巧不巧,当兰芳下了飞机打车回家,刚拎着行李走出电梯时,迎接她的不是董友文,而是倚靠在墙边等待她的关丽娜!

228　打道回府

曲未终 人散尽

Never on the Day You Leave
Love grows in the time it's been
Since you last heard her sing
She'll cut her hair and move somewhere
She don't owe you anything
——John Mayer

27

"你怎么来了?"兰芳语气不善,冷眼看着关丽娜。

"先进去再说吧。"关丽娜仍旧指挥着兰芳,可她已经没有了往日的神采奕奕。

兰芳看不出她苍白的脸色,也并未觉得她比原先消瘦很多。因为今天的关丽娜打扮得另类。她戴了一顶渔夫帽,一个大口罩,一副大墨镜。在这种全副武装的状态下,兰芳能看出眼前这个女人是关丽娜都已经算是难为她。不仅如此,关丽娜还穿着宽大的长袖卫衣和足够肥大的阔腿长裤。总之,在她的刻意掩盖下,兰芳并没有看到因化疗产生的副作用和癌细胞迅速扩散后即将被压垮的关丽娜的真实模样。

兰芳将门打开,有些挑衅意味地说:"要不我把钥匙给你吧。在我走的这段时间,你应该没少来吧?"

"我说过了,不会要你们家的钥匙。"关丽娜依旧保留着她可怜的高傲。

两人一前一后相继进屋,不论对于兰芳还是关丽娜,这间屋子都显得有些陌生了。

"你这段时间去哪儿了?为什么不接我电话?"关丽娜仍旧戴着墨镜、帽子和口罩。

"我回老家了。"

"将近一个月,你一点消息都没有,你知不知道这段时间友文在北京都经历了些什么?难道他在工作上的事,你就真的一点都不关心吗?!"

"他在工作上的事?他在工作上的事不都一直是你在帮衬吗?!你们谈工作的时候,什么时候让我参与过?!"

"你说这话什么意思?难道我关心友文的工作不对吗?作为他的妻子,这理应是你分内应做的!"

"你还知道我是他的妻子?我还以为在你心中我早就不再是。"

关丽娜没有理会兰芳的冷嘲热讽。确切地说,她的身体已经不容许她将时间浪费在与兰芳拌嘴上了。

"我不跟你扯这些没用的。你快告诉我,友文现在在哪儿?如果你能联系到他,让他马上给我回电话。他要是在北京,你就让他回家。我必须尽快见到他!"

"我不知道他在哪儿。"兰芳冷冷地回答。

"什么叫你不知道他在哪儿?这一个月你们没有联系吗?他去哪里不都会提前跟你汇报吗!"

"他确实会跟我汇报,但那都是以前了。自从你的出现,自从那晚你装疯卖傻执意要见他,自从他开车和你离开后彻夜未归……呵,可能你们在那之前就已经做过这样的事了吧。"

"你……你说什么?"面对兰芳的质问,关丽娜出乎意料。

"像你这么聪明的人,难道听不懂我在说什么?"兰芳睁大那双足以直逼人灵魂的双眼,直勾勾瞪着关丽娜。"其实你很早就喜欢他了,对吧?从上学的时候开始,你就喜欢他。可是你不敢说,因为你知道他喜欢的人是我。我猜你那个时候一定恨死我了吧。你觉得我各方面都不如你,你觉得我配不上他,可结果呢?结果还是我赢了。他最终选择的人是我!就算我不出去工作,就算我什么都不为他做,可他爱的人也只有我!你比我会的东西多又怎么样?你在职场上能够辅助到他又能怎么样?到头来他赚到的钱都会给我!他的人是我的!心是我的!他的全部都是我的!"说到最后,兰芳竟因极度愤怒开始放声大笑。由于太过激动,她的五官变得扭曲、狰狞。关丽娜还是头一次见到兰芳这样。她觉得面前的兰芳很是陌生,甚至有些恐怖!尤其是到了最后,她的脸开始抽搐。哦,不是脸在抽搐,而是她在哭。兰芳边哭边笑,边笑边哭。她一直狠狠瞪着关丽娜,即便满溢的泪水早已让她看不清她。

"原来你什么都知道,却只是装作不知道。"关丽娜惨淡一笑。笑兰芳的隐忍,更笑自己的自以为是。"我确实爱他,而且我敢说我要比你更懂得如何爱他。正因如此,我今天才会过来找他。在我知道我将不久……"说到这儿,关丽娜突然停住了。那句"不久于人世",她终究没有勇气说出口。"总之,我不会拆散你们的。等我把该说的话说完,该办的事办完,我就会彻底消失。我不会再自欺欺人地夹在你们中间充当所谓的'好朋友'。既然话都说开了,对我来讲也是一种解脱。这些年我很累,在你们面前装得很累。"顿了顿,关丽娜有些怜悯地看向兰芳。"我没想到,其实你也很累,或许你装得比我更累。但现在不是讨论你我谁更爱他的时候,我有重要的事必须马上找到他!"

"我说过了,我找不到他。整整一个月,我们没有联系过!"

"什么?!你们怎么可能没有联系过?!好了,兰芳,不管你想使什么小性子,这次都轮不到你继续任性!你想装矜持,这些年已经装够了。现在友文正面临着这几年从业以来最大的一道坎儿!你必须找到他,我有很重要的事要告诉他！请你放下自己可怜的自尊心，无论如何也要帮我找到他！"

"你不用告诉他。"这一次，兰芳没有表现出以往的懦弱。她据理力争，她试图压倒关丽娜！"你告诉我就可以了！你不是说,我应该了解他的工作吗！别忘了，我才是他的合法妻子！"

"好！好！"关丽娜咬紧牙，狠狠点头。"你觉得自己这样就算是胜过我了？那好，我告诉你，我今天什么都告诉你。"关丽娜清楚自己不应该把仅剩的那丝体力再和兰芳这般耗下去，她深吸一口气，将这段时间她所了解到的有关董友文的情况详细讲述给兰芳听。"我不知道友文和没和你提到过一个英国的项目。那个项目是潘云富很看重的，因为器重友文，所以即便他才刚去他们公司没多久，潘云富也将这块大蛋糕直接交到友文手中。友文做得很出色，尽管一开始他们团队中的一些老员工有些不服他，可渐渐大家也都积极配合他的工作。可能你会好奇我是怎么知道这些的，不妨告诉你，这些都是他那晚告诉我的。"尽管那一夜并未发生任何出格的事，可此时此刻关丽娜还是想要故意气气兰芳。"不过据我了解，钟启发前段时间突然也打起英国项目的主意。你应该清楚，钟启发和潘云富是多年的敌对关系，再加上这个项目的油水很大，两家公司相互竞争也算合情合理。原本我并不关心这些事，因为我这段时间一直在休假。可是两个礼拜前，突然有人放话说友文是商业间谍！是叛徒！你应该知道，这是多么严重的一件事。如果这件事是真的，如果友文真是带着潘云富手下团队拟定的方案投靠了钟启发，那他在业内的名声可就全都败光了！而且很有可能会因此打上官司的！我不知道钟启发许了友文什么好处，但不论是多大的好处他这样做都会在业内混不下去的！"

"友文不是那样的人！"兰芳愤愤地打断了关丽娜的话。

"我也一直认定这是个谣言！可事实却是，他现在已经来到钟启发给他安排的团队工作了!你现在应该知道事态的严重性了吧?所以我现在必须见到他!我必须要问清楚他为什么会做出这样的选择!我相信这里面一定有什么不可告人的隐情!我担心友文受骗,我担心这是钟启发给他布的局!"

兰芳听后,不禁打了个寒战。她没想到董友文竟会变成一个见利忘义之人。不单单是对待他们的感情,就连对待工作也这么轻易地弃主投他?她已经感知到了事态的严重性,可她不能在关丽娜面前示弱。她不能再像从前那样任由她摆布!"好了,你回去吧。你说的这些我都已经听清了。不论他做出什么样的选择,都轮不到你费心。就算有什么要聊的,也应该是我这个做妻子的和他聊。我丈夫的事,不劳你费心!"

"兰芳!拜托你看清形势!我现在没有力气和你争风吃醋,我在说的是友文的未来!是他一辈子的前程!如果他还不能及时回头,很有可能会栽一个大跟头!难道你就……"

"够了!"兰芳再也无法忍受关丽娜对她的说教了。"我说过了,这不关你的事!你走,你现在就给我走!离开我的家,离开我和我丈夫的家!走得远远的!再也不要让我见到你!以后他的事你不要再多管闲事了!"

兰芳咆哮着将关丽娜撵出家门。当房门"砰"地一声重重撞上时,关丽娜单薄的身躯也随之重重砸向冰冷的瓷砖地。

曾经两个无话不谈的好姐妹,两个一同走过将近十年风雨的女人,此时此刻却被一扇门彻底阻隔。只要她们中随便一人将门重新推开或轻轻敲响,都能有机会挽留住这段友谊。可那扇门始终纹丝不动地挡在那里,任凭两个女人无助地掩面哭泣。

可能友情就是这样吧。两个人可以在一起要好很久,好的时候就算心中有些小别扭也可以自我消化。可一旦狠话说出口,就什么都留不住。或许多年后她们会为对方默默祝福，却再也没有勇气说出哪怕对陌生人都能轻易说出口的问候。

关丽娜艰难地从地上爬起，斜靠在冰冷的墙面按下电梯按钮。

失去兰芳并未让她觉得可惜。唯一让她遗憾的，是在她生命的最后时刻终究没能见到友文。她不愿看到他出事，她不允许他出事。可是她又能做什么呢？她已经不在钟启发手下做事了，即便她还在，也没有能力左右钟启发的决定。凭她对钟启发的了解，她认定这一定是一场阴谋。然而现在是阴谋也好，是陷阱也罢，她都没有机会再去阻止友文了。

兰芳说得没错，或许全世界最没有资格关心友文的人就是她。或许这些年来，她一直都是多余的。就好似她现在真的快要离开了，对友文来讲可能也只是伤心几天就会忘记的。

关丽娜踉跄着走出电梯，走到大街上。

这条街上的每一家小店她都逛过。并不是她自己逛的，而是和友文一起逛的。那天，她真的好开心。尽管她是在陪友文为他和兰芳的新家挑选家中的摆件，尽管那是友文和兰芳的家，尽管这一切都是友文为了使兰芳能够更开心才发生的事情。可关丽娜却分外珍惜。

她记得他们那天买了好多东西，比如那盏放在客房的复古台灯，比如兰芳喜欢的羊绒抱枕……

是啊，这条街上的精品店有很多既好看又实用的东西。有很多东西是董友文想要买给兰芳的，就如同关丽娜想要买给董友文一样。

关丽娜无力地走着，她幻想着此时此刻董友文就在她身旁。每每经过一家店铺，关丽娜都能从店内听到悦耳的音乐。她想，如果友文真的在身边应该会开心地和她一起轻唱吧？就这样无力地走着走着，一首熟悉的歌曲召唤关丽娜停下脚步。她扶着墙壁,找了个靠边的位置蹲身坐下。然而就是这么简单的一蹲一坐,将她原本强撑着的最后一丝力气也彻底卸下。

她瘫软无力地背靠着墙,安静地听着这首她曾经也唱过的歌。那年的毕业联欢晚会,她站在台上给学校师生演唱了这首她才学会不久的歌。那天董友文也去了。尽管他早已毕业三年,可门口保安还是放他进来了。

一曲唱毕,台下的男同学个个听得如痴如醉,而关丽娜的眼神却始终定格在董友文那里。也正是从那个时候起,坐在董友文身旁的兰芳读懂了关丽娜的心。她突然紧紧抱住董友文的手臂,生怕这个她崇拜的男人会因关丽娜动情的歌声抛弃自己。

那时的两个小女生都是单纯的,也都是被动的。她们都将选择权交付于董友文,也都将自己未来的幸福交给了董友文。

《只是语气犯的错》

后来的我终于听说

那时的你根本没爱过我

可不知为何

我竟没有啰里啰嗦地寻求一个结果

如果当时你好言劝说

我也没有迷恋你许多

是不是我

就不会歇斯底里地求你别离开呢

年轻又单薄的心总炙热地承载着

那抓不住的未来和允诺

那些爱过的恨过的后悔过的深刻

只是语气中犯的错

那天的我转身走开

其实是原地打转

是不是你也偷偷回头对我看

看我笑得惨淡

那些逢人便说的故事终将落幕

再也没有借口为你准备礼物

我们在最容易动摇的年纪执迷不悟

更谈不上谁会提前认输

现在的我

不奢求轰轰烈烈的

只求平平淡淡的

只是偶尔

在某个特定的时刻

还会想起你我那场纠葛

秘密隐于深白色

音像店中的歌曲还在继续，仿佛歌词中早就预示了他们之间的结局。一滴泪从关丽娜的眼角滑落，不凉、不咸、再无知觉。

"快来人啊，这人怎么了？"

"快报警！快打120！"

随着关丽娜重重倒地，路边的行人纷纷聚拢过来。

那首歌还在继续，仿佛是在嘲笑关丽娜为何没能早点看破结局！

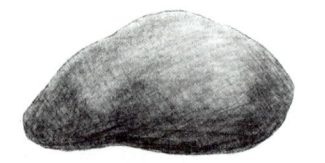

28

芥蒂

关丽娜的离开并没有让兰芳觉得好受。曾经的她通过装傻也好、回避也罢，从未与关丽娜起过任何正面冲突，至少那时她是有安全感的。她明白关丽娜对她所有的指责都来自于董友文选择了她而非关丽娜。可这次呢？这次却是她主动向关丽娜发难。尽管她强势地呵斥她离开，可最终兰芳自己又能留住什么？

直至午夜，董友文才醉醺醺地回到家。

他没料到兰芳竟然回来了，这段时期他已经适应了兰芳的不辞而别。二人再次重逢，没想到双方竟都如此狼狈。

董友文一定是喝醉了。他满身酒气，摇摇晃晃。原先那个衣冠整齐的董友文，此时居然满嘴胡楂。他窘迫潦倒的样子，是兰芳这辈子都没有见到过的。

她迟疑了一下，还是走到他身边。

"你……你怎么喝了这么多酒？"

她的声音轻轻的，不太像是关心，倒更像是在担心。关丽娜的话她不是没有听懂。如果友文真的成为行业内的"叛徒"，那他们今后的生活又该变成什么样子呢？

见兰芳靠近自己，董友文同样没有觉得温暖和珍惜。他有些诧异地看着她，眼神涣散。"你果真回来了？你回来做什么？来看我笑话吗？"

"你说什么呢？我怎么可能看你笑话。"

"呵，难道不是吗？"

兰芳强忍着不快，"你喝多了，早点睡吧。"

"睡？你今天回来是打算和我摊牌的吧？"

"摊什么牌？我听不懂你在说什么。"

董友文用充满厌恶的表情看着这个他深爱过的女人。"你果然很会撒谎。"

面对董友文的出言不逊，兰芳彻底愤怒了。明明出轨的人是他，为什么他却没有半分悔过之意？！

"撒谎的人不是我！而是你！"再次想到董友文和关丽娜的彻夜未归，兰芳开始咆哮。

"兰芳，我对你真的是刮目相看，没想到你这么能装。为什么你总是表现得这么无辜？如果不是你父母告诉我你今天会回来，我居然都不知道我那个不辞而别的妻子为什么会整整离开我一个月！"

"我爸妈给你打电话了？"兰芳有些不敢置信。

"你看，都到这个时候了，你还装作毫不知情。你和你父母的关系我再清楚不过了，这么多年他们什么时候为你出过头？要不是因为你已经稳妥找到下家，他们怎么可能在电话里跟我撂狠话？是不是你这次回去和他们都商量好了，就等着我给你自由了？"

董友文的这番话兰芳没有听懂，也无法听懂。因为她万万料想不到，在自己登机后父母竟会为了她的幸福向董友文放狠话。所以她的表情显得更加无辜，而这个表情看在董友文眼中则变得分外丑陋！

"你不愿承认是吧？好！如果你能向我解释清楚这些是什么，不论结局如何我都认了！大不了怪我自己瞎了眼，看错人了！"董友文说完，跌跌撞撞地朝书房走。

他这样的态度，是兰芳没有料到的。原本她已经给自己洗脑，试着让自己原谅他。只要他还愿意和她生活，她就可以原谅他和关丽娜的过往。可刚刚他却理直气壮地把矛头指向了她，好像她才是那个背叛者。多么讽刺，多么可笑。她都已经做好准备和他重新开始，为他生个孩子，而他却已经不再珍惜他们之间的感情。

想到这儿，兰芳觉得有些凄凉，但更多的却是愤怒。

"好啊，摊牌！"兰芳大叫一声跟在董友文身后走进书房。"是，你说的没错！都到了这个时候，我又何必装作毫不知情？我问你，你和关丽娜是不是早就在一起了！那天其实你已经回家了，你的车就停在楼下。可你却骗我说你要回公司加班，但我看得清楚，车上坐着的人就是关丽娜！那天你一定是去她家了，你和她过夜了对不对？是不是你们从很早以前就睡在一起了！"

压抑在心中的话，兰芳没有半分犹豫。那些她在老家安慰自己的话，那些她在回到北京前告诫自己的话，此刻全都抛到九霄云外了。是啊，从刚刚的关丽娜找上门，到现在董友文的毫不客气，她还有什么好顾及的。难道她这些年生活得还不够提心吊胆吗？她生怕友文会被公司里的某个女同事抢走，她担心自己不够优秀，她一直觉得自己配不上董友文，可她却也一直在小心翼翼地试探他。这是一种矛盾的心理。有的女人担心自己会被淘汰，所以想要变得更强、更优秀。而兰芳，却走向了另一种极端。她想要变得更弱小，更需要被保护。她一直这样催眠自己，总觉得只有这样做友文才能不忍心离开她。

听到兰芳这样说，董友文先是一愣，随后毫无歉意地说："好啊，你果然是一个有心机的女人！一直以来我以为你什么都不懂，是个需要被保护的孩子，可实际上你却监视我？！"董友文自认自己和关丽娜是清白的，所以他并没有觉得那晚基于善意的谎言是一种背叛，也就在语气上没有丝毫退让。

"所以你承认了对吗？你承认那天晚上你和她一起去了她家，对吗？！"兰芳控制不住地歇斯底里。

"对！我承认！那天我去了她家！怎么了？有什么问题吗？！"正在气头上的董友文已经顾不上去跟兰芳解释关丽娜的病情。一看到桌上的相片，董友文的怒火燃得更旺了。

"好！好！好！"兰芳连说三声好，第一声是愤怒，第二声是悲伤，第三声尽显无助。

这并不是她回北京的目的，更不是她想要的结果。她是来和好的，是回来重新生活的。究竟是怎么了，她怎么和他闹到这步田地了？

"你想问的我都回答你了，现在换我问你！"董友文抄起书桌上的照片，指着照片中的穆泽质问兰芳。"这个人是谁？这个男的是谁？！"

兰芳顺着董友文的指尖看去，脱口而出了穆泽的名字。

"好！很好！那我问你，摆在你床头的扇子又是从哪儿来的？"

"是他妈妈给我的。"

董友文紧咬后槽牙，"好！算你终于说了句实话。"

"你这话什么意思？！难道我像你骗我一样骗过你？！"

"我骗你？真是可笑至极！"董友文不愿理会兰芳的强词夺理，继续追问。"你说吧。你和他是什么时候开始的？为什么平白无故他母亲会送给你这么珍贵的东西？！"

"你说什么呢？什么叫我们是从什么时候开始的！"

"都到这个时候了，你觉得狡辩还有意义吗？"董友文不是不清楚潘云富对这柄扇子的珍爱程度，如果这柄扇子可以如此轻易就能得到，他又何必将它运到美国藏于地窖？

"我狡辩什么了？我是去他们家吃过几次饭，但那个时候是很多人一起去的。他妈妈送给我的扇子，我想应该很多人都收到过。这没什么稀罕的，我只是觉得好看才摆在家里。难道你现在想说我们之间所有的问题都是因为这把扇子引起的？难道你自己犯的错要赖在一把扇子身上吗？"

"我犯的错？"董友文苦笑着重复着兰芳说的话，"对！没错！我是犯了错！犯了不可饶恕的错！犯了我现在想要弥补却无法补救的错！"

"既然你自己都承认了，又为什么要怪罪于我！"

"为什么怪罪于你？就是因为我发现了你和他的秘密，所以才会顶着如此巨大的风险选择加入另一个公司的阵营。难道我都被你绿了，还要继续在潘董手下干吗？难道我董友文还比不上一个乳臭未干的小子？！"

"你胡说什么呢？！什么叫你被我绿了？你说这话到底有没有良心！真正出轨的人是你，犯错的人也是你！"

"我出轨？真是笑话！我要是想出轨，还用等到现在吗？我对你怎么样，你心里不清楚吗？！背叛我的人是你！逼我走出这一步的人也是你！你刚走没几天你父亲就给我来了一通电话，今早你母亲又打了一遍。难道我们之间的问题就不能两个人一起解决？为什么你连话都不愿与我多说，而是派你父母代为转达你的不满和抱怨？"

"我没有！"兰芳真是委屈到了极点！

很显然，两人现在已经完全情绪失控。他们根本没有意识到，从始至终他们争吵的角度都是大相径庭的。董友文承认自己犯错，是想表明自己不该成为商业叛徒。而兰芳却一直以为董友文在承认他出轨关丽娜的同时，诬陷她结交了一位普通朋友。

"我什么时候背叛你了！难道我还不能结交一些朋友吗？！"

董友文的话确实刺痛到兰芳最敏感的神经，那句"我要是想出轨，还用等到现在吗？"听起来是多么自信，多么笃定。从很早以前兰芳就明白，爱上一个如此优秀的男人，必将面临各种威胁。只是她没想到，这个威胁竟然一直都在自己身边。

"你可以结交朋友！但你为什么偏偏选择和潘云富的儿子做朋友！你明知道我在潘云富的手下工作，却选择和他唯一的独子做朋友！你是从什么时候起变得这么有心计，这么物质了？一直以来，除了我和关丽娜，我从没见过你身边再有哪个朋友。难道你结交的第一个朋友就是潘云富的儿子吗？！你觉得世界上会有这么凑巧的事情吗？！交朋友就交朋友，怎么他母亲还会和你扯上关系？是不是你觉得我职位太低，赚的钱养不起你了？！所以你想要去攀一个更好的，来满足你继续这样躺在家里不用出去工作的目的？！"在酒精的作用下，董友文彻底爆发了。这是他最不愿意承认的事情。一个辛辛苦苦工作的男人最终被一个毫无贡献的富二代所击败，这是何等耻辱，何等悲哀！出于尊严也好，还是这些年对兰芳所付出的真心也罢，这样的结局都是他无法接受的！

"什么潘云富的儿子？！谁是潘云富的儿子？！穆泽只是我做蜡烛时认识的一个大学生！我现在不想和你谈这些！你喝多了，等你明天清醒了我们再说！"

兰芳说完转身便走，她再也不想和这个满嘴谬论的男人多说一个字！这个面目狰狞和她争辩不休的男人，还是当年那个令她崇拜的学长吗？

就在兰芳即将踏出书房门口时，她身后的董友文猛地将她拽住。他的手劲很大，兰芳瘦弱的手臂立刻被捏红了。她忍着剧痛，却未挣脱。她幻想着董友文应该是想挽留她,应该会像从前那样将她拥入怀中抚摸她的秀发。她觉得他们还是相爱的,尽管双方都说了一些气话。但她确信,他仍旧深深爱着她!

然而就在她满怀期待地回身望向丈夫时,她看到的不是挽留,不是爱怜,不是道歉,而是一张发自内心的充满怨恨的脸!

董友文凶狠的眼神让兰芳感到害怕,她用力挣脱掉董友文的手,不敢置信地望向他。

半晌,董友文无力地说:"兰芳,你走吧。也许你的选择是对的,现在我将这一切都搞砸了。如果你这次回来是准备和我离婚的,我不会阻拦你,我会放你走。其实我真的努力了,可为什么会弄成现在这个样子,我真的不知道这件事是不是你也有参与进去……"

说着说着,董友文竟然哭了。起初他只是无力地蹲在地上轻声抽泣,到了最后他竟号啕大哭再无顾忌。

29

亲子鉴定

第二天兰芳醒后，董友文已经不在了。他没有留下字条，没有留下简讯。

董友文去了公司，不是潘云富的，而是钟启发的。他将自己倒饬得依旧精神、干练，希望钟启发能够看到他的敬业，早日兑现对他的诺言。

理了理思绪，兰芳决定和穆泽见上一面。昨晚她和董友文的谈话并没有顺利进行下去，两人陷入的僵局最终以董友文大哭收场。这一次，他们正式分居。

兰芳不清楚穆泽究竟在这中间扮演了怎样一种角色，难道友文大醉真的和穆泽有关吗？

她需要去问清楚，即便她从来就不是一个刨根问底的女人。

在接到兰芳的邀约后，穆泽没作任何犹豫。好似每次兰芳约他，他都从不抗拒。

这次的见面地点是一家咖啡厅。和先前几次不同，或许冥冥之中二人都感觉到了这次谈话的严肃性。双方很默契地避开了之前见面选择的那些相对文艺的店铺，而是直接挑选了一家适合谈事的相对安静一点的咖啡厅。

"好久不见。"

再次面对面坐下，兰芳和穆泽都觉得有些尴尬。其实他们都清楚自己和对方并没有交好到无话不说的地步。间隔一个月没见，原本话题就有限的二人都隐约察觉到这次见面后的谈话内容不会太过轻松。

"我可以问你一个问题吗？"兰芳破天荒地开门见山。她已经很久没有这么直白过了，至少在董友文和关丽娜面前，她早已被动成性。

"你问吧。"穆泽看起来好像要比先前瘦了。

"你是潘云富的儿子吗？我是说，他是你的父亲吗？"

穆泽听后，先是一愣。随后有些结巴地说："你……你怎么会问起这个？"

"因为这对我来说很重要。对我丈夫也很重要。"兰芳语气坚定。

这是穆泽第一次看到兰芳这么迫切地想要寻求一个答案，或许他的回答对他们夫妻而言真的至关重要。

"他不是我父亲。"穆泽没有回避兰芳的眼睛。

"你没有骗我吧？他真的不是你父亲？"

"对，我没有骗你。他不是我父亲。"

兰芳直视着穆泽的眼睛，可她却没有能力辨认这句话的真伪。

"其实……在你之前已经有很多人来找过我了。他们都和你一样，问了我同样的问题。不过对于他们大多数人，我并没有理会。因为这些人，我根本就不认识。"

听到这里，兰芳不禁打了个寒战。难不成友文也找过穆泽了？

在穆泽的叙述中，兰芳慢慢捋清思绪。原来，潘云富之所以会时隔二十年才联系他们母子，主要还是源自于一封匿名信。信上有他们母子二人的照片，以及一句简短的话语："信中的男孩，是你儿子。"

起初潘云富是不信的。虽然他很清楚相片上的女人是自己的前妻无疑，可在他的印象中前妻是存在生育问题的。不然他们结婚多年，为什么一直怀不上孩子？原本他将这封匿名信当作是某人的恶作剧，或者将来准备敲诈他的理由之一。为此他还特意给宝贝女儿潘梦茹打了一通电话，叫她最近千万不要出去乱跑，尤其不要再去参加那些无法控制的游行。

或许是对方见潘云富没有任何动静，几天后潘云富再次收到一封匿名信。这次信里只塞有一张打印出的身份证复印件，上面显示出的穆泽的出生日期刚好是他和前妻离婚后的第6个月！也就是说，在他和Sally搞在一起并向前妻提出离婚时，其实前妻已经怀有身孕！

想到此处，潘云富只觉血液上涌！要真是这样，那他简直不配为人！潘云富再也按捺不住，直接照着身份证上的地址找了过去。

直到潘云富来到小区楼下，他才感到一阵心虚。整整二十年没有联系过前妻，就这样唐突地走上去敲门认儿子，换作是谁都不可能答应。

就在他犹豫着应该如何开口时，穆泽母子正巧从单元楼里走出。

对于他们母子来说，这只是平凡的一天。他们照例一起出去买菜，这已是这些年固有的习惯。

然而对于潘云富来讲，二十年后的突然相遇，在这个老旧的居民楼前。当他和前妻四目相对的一刹那，尘封已久的回忆瞬间充斥在相守与悔恨里。一阵波涛汹涌过后，双方的眼神里只剩诧异与迟疑。

"我……我……你……"

半晌，潘云富总算吐出三个字。

穆泽的母亲并没有接话，只是表情复杂地站在原地。

最终，这令人窒息的沉默还是被穆泽打破的。"妈，你和这位大伯认识？"

穆泽疑惑地看着母亲又看了看潘云富，即便他从未听母亲说起过她年轻时的往事，但他有一种感觉，面前这个男人应该和母亲是旧相识。

"我们走吧,这个人我不认识。"

穆泽带着满心疑问被母亲拽走时,潘云富并没有上前挽留。这次出发,他确实只是一时冲动。他没有想好要对他们说什么,确切地说他来这里也只是想要碰碰运气。可既然看到了,看到穆泽的存在了,他便不得不信!也许,这个男孩真的就是自己的儿子!也许,只要他再多来几次,儿子就有可能原谅自己这个没有尽过一天责任的父亲!他想要乞求他们的原谅。现在的潘云富可以说是要风得风,要雨得雨。一个人活到了这把年纪,最后奢求的无非也只是子孙能够常伴身侧而已!

也正是从这一刻起,潘云富的关注点不再是公司内部的几个重要项目。现在的他只想将全部精力用在如何能让儿子接受他上。

"我都和你说过一万遍了,他不是你的儿子!我们离婚后,我又结了婚。这是我和他的孩子!"

"我知道你恨我、怨我,这些我都知道,我不怪你,当初确实是我不对。可我这些年也一直想要弥补你,但你总是将我寄出的钱一笔笔地退回。我知道你心高,不想接受我的这些臭钱。可……可我当年真的不知道你已经怀孕了。我要是知道,我……我怎么可能和你提出离婚!我和你是有感情的,这你是清楚的!"

"潘云富,你不要再来打扰我们一家三口平静的生活。我已经很明确地告诉你,他不是你的儿子!当年的事已经发生,你没必要现在假惺惺地再翻出来重提。我和我丈夫过得很好,儿子也孝顺,我现在很知足。当年的事早就和我没有一点关系!"

"我知道你在说气话,当年的事怎么可能和你没有关系。我们有一个孩子啊,我要让我们的儿子知道我才是他的亲生父亲。"

"我已经说了！你不是！"

"你说的不算数！种种迹象表明他就是我的儿子！身份证上写得很清楚，他的出生日期也可以证明！"

"他的出生日期是我们后来改过的。当时我和他爸都需要出去工作，没有时间照顾他，所以想让他早一年上学，这才托人帮忙改了出生日期。"

"不可能！我不相信！我要和他做亲子鉴定，除非鉴定结果显示我和他毫无关系，不然他就是我的合法继承人。趁着我现在还有精力，我就要培养他成为我的接班人！"

"你不要妄想了！他不可能去和你做这种鉴定！他和你没有一点关系，用不着去和你做这种鉴定！"

就在二人争论不休时，一个身影忽然从树后走出。"妈，您别生气了。我去做鉴定。"穆泽跟了他们一路，直到看见他们二人走到这处来往行人稀疏的树荫处，这才闪进树后躲在一旁偷听。虽然他清楚不该偷听妈妈和他人谈话，但出于对妈妈的安全考虑，他有责任不让她受到威胁。毕竟从潘云富第一次出现在他家楼下，他就察觉出妈妈的反常与不对劲。

"你……你怎么在这儿？"没料到儿子会突然出现，穆母涨得满脸通红。

"好儿子，好儿子！不愧是爸爸的好儿子！我知道这些年我对不起你们母子，因为我真的不知道你的存在！你给我一次赎罪的机会好不好？你现在是不是大学快毕业了？等上完学就直接来爸爸的公司上班，锻炼几年后爸爸就退休，公司直接交给你！"

"我说我同意和你做亲子鉴定，是因为我知道你不可能是我的父亲。我做这个鉴定，只是为了让你死心。"穆泽看着潘云富，展现出从未有过的坚定。

"儿子，你不要理他，更不要和他去做什么鉴定！"穆母的声音因愤怒而颤抖。

"妈,我知道您是为我好。可我不希望他一直纠缠您,只有我去做了鉴定,他才能死心,咱们才能回到从前的平静。"

"可是……"

"什么可不可是的!儿子都说要做鉴定了,你还阻挠什么!小泽呀,爸爸跟你说,在这个世界上你还有一个同父异母的妹妹。她和你同岁,你们俩也就只相差一两个月。她是个很乖巧的孩子,我相信日后你们一定能够相处得特别好!你相信爸爸!到时候你们……"

"做亲子鉴定需要我提供什么?"穆泽神情冷漠地打断了潘云富的满腔热情。

"都行。抽血也行,你给我拔几根带毛囊的头发或者剪剪指甲也行。但最好还是抽血,抽血应该最准确!"

"我会把头发和指甲交给你。"

眼见儿子和潘云富突然达成共识。穆母叹息一声,眉心越蹙越紧!

亲子鉴定

30

见不得光的秘密

"您真的确定这样做吗？"张律师忧心忡忡地等待着潘云富的最终答复。

"是的，就按我说的去办。"

听到回答的张律师险些没有站稳，摇摇晃晃地叹气离开。

"哎呀！"潘夫人的埋怨声让这两个本已心灰意冷的男人瞬间清醒几分。潘云富将垂下的头缓缓抬起，只见张律师不住地向 Sally 道歉。

"什么事啊，这么魂不守舍的，现在正是非常时期，你要是在公司天天这样拉个脸，其他人肯定会以为英国的项目没了让咱们损失惨重呢！公司形象就是被你们这帮人给毁掉的！" Sally 像训斥素不相识的临时工一样训斥着张律师。

"够了！"潘云富呵斥一声，挥手示意让张律师抓紧去办正事，不必与这个女人过多纠缠。

张律师借机迅速离开，脸上仍旧一片惨白。

"你呀，就是对手底下的人太心慈手软了，所以他们才都一个个忘恩负义地欺负你。之前我就听说这个张律师做合同不严谨，让咱们白白损失了不少钱呢！还有这次这个董友文，平时看着老实巴交的，我还真以为他是个正人君子，还想着把女儿托付给他。没想到他居然……"

"行了！你究竟有完没完！"这段时间，潘云富实在听腻了 Sally 对于英国项目落空的抱怨。

"你以为我愿意说啊，我还不是想着替你骂骂董友文，帮你出出气？都这么长时间了，见你一直闷闷不乐。要我说，英国那个项目也没什么大不了的，无非就是让咱们少赚一笔，又不会有什么其他损失。你和钟启发都斗了大半辈子了，你输一次他赢一次，有什么了不起，至于天天哭丧着脸吗？"

潘云富没有说话，不知是在聆听妻子的劝慰，还是心神早已飘去其他地方。他面如死灰，原本圆鼓鼓的将军肚也因这段时期的精神折磨消耗得像个泄了气的皮球。

见丈夫没有打断她，Sally 骄傲地继续说了下去。"所以我觉得你现在应该振作起来。最近这段时间公司里议论你的声音越来越多，他们都以为董友文是卷着公司的核心机密跑的，以为公司的市值已经缩水了。但其实你很清楚，他无非只是带着英国这一个方案走掉而已，咱们的实力完全没有受到任何影响。既然如此，你又何必让外界对咱们有无端猜测？你知不知道这几天连梦茹都知道这个消息了。她一向对你公司的事情不感兴趣，这两天跟她视频她都哭了好几次，一直担心你的身体。"

一听到梦茹的名字，潘云富那双失神的眼睛终于动了一下。他看着 Sally 不知是在问她还是自言自语。"梦茹知道了？"

"对呀！也不知道是谁跟她说的，反正她这几天情绪也差得要命！"

"那你呢？为什么你一点都不担心？"

"我？我有什么好担心的？不就是少了一个董友文和少了几块地？这对咱们来说根本构不成任何影响。"

潘云富无力地挥了挥手,示意自己只想一个人静一静。

Sally没再坚持,叮嘱了几句才起身离去。

在她离开后,潘云富机械地从抽屉里拿出三份报告。整整一个月,他每日如此。

"你见到他了?"Sally妈焦急地坐在轮椅上等着女儿回来。

"嗯,见到了。还是老样子。"

"你有没有照我说的去做?"老太太因太想听到一个满意的答复,显得有些面目狰狞。

"和你预想的差不多。当我提到梦茹,他才勉强看了看我。"

"那遗嘱呢?你有没有趁热打铁?"

"妈!"Sally烦躁地打断了母亲的话。"都什么时候了,你还是只顾着想你自己。不管怎么说我和他在一起也有二十年了,就算当初我不爱他,现在至少也有一点感情。这段时间他已经把自己折磨得不成样子了,难道你这二十年吃他的喝他的用他的,现在看到他萎靡不振就没觉得他很可怜吗?"

"可怜?"Sally妈不敢置信地看着女儿,"你知道什么才是可怜?如果他没有扛住这次打击,如果他就此一命呜呼,那个时候你才能真正体会什么叫做可怜!遗嘱!遗嘱!遗嘱!我都跟你强调不下一万遍!既然你说你们之间存在真感情,那你就应该趁着他还清醒把该明确的事情写清楚!别到时候……"

"我开不了口!"Sally感觉自己快要被母亲逼疯了。

"你是他的合法妻子,你有什么开不了口!"

"我就是开不了口!我就是开不了口!你知道我从始至终都没有资格开这个口!"Sally用力挥舞着死死攥紧的拳头。不知是想打散母亲的话,还是想要打碎隐藏在她心中那个沉重的秘密。

"难道……"见女儿如此激动,一种不祥的预感突然在老太太心中生起。

"不,他并不知道。"

"千万不能让他知道!当年你去做那件事的时候,已经和他们签署过保密协议了,所以……"

"是的,我知道,我知道!所以不会泄露出去的!"

"好!那就好!"老太太垂下枯柴般的手臂,长长吐出一口气。

2055 见不得光的秘密

31

检测报告

包括 Sally 在内，很多人都认为潘云富近一个月的颓丧始于董友文的背叛和钟启发的春风得意。然而只有潘云富自己清楚，真正压垮他的是他手上拿着的这三份 DNA 检测报告。

当潘云富第一次得知穆泽的存在时，起初他并不确信。可是对于这位古稀之年的老人来说，他对儿孙的渴望远远战胜了他的理智。退一万步讲，就算穆泽不是他的亲生儿子又如何？看在他曾经对不起前妻的分上，他也想要认穆泽做干儿子。就算干儿子也做不成，他也已经下定决心准备留给这个叫穆泽的男孩一份数额不小的财产。对于他这种看尽人生浮沉的男人，假如还能有机会在有生之年用金钱去弥补一些年轻时犯下的错，就算让他花掉再多钱财也值得！

所以当他看到检测报告上显示他与穆泽之间不存在任何亲子关系时，尽管失望之情占了上风，但这仍不足以将他压垮。

真正压垮他的是他手中的后两份报告，也是当时为了突出第一份报告的真实性而特意加上去的两份报告。

当穆泽将那个装有自己头发和指甲的密封袋递给潘云富时，潘云富激动地频频向他们母子弯腰致谢。尽管前妻极力反对儿子的做法，但潘云富还是激动地对穆泽说："谢谢！谢谢！我也已经拿到了我女儿的头发，我会让你知道你在这个世界上又同时多了两位亲人！"

正是这个画蛇添足的举动，彻底压垮了这个老来得女的男人。

潘云富万万没有料到，那个被他宠上天的小公主居然和他没有一点血缘关系！

宛如晴天霹雳一般，从他拿到这份足以摧毁他全部意志的报告单起，潘云富便发了疯似的派遣私家侦探为他搜寻出一个能够令他信服的结果。然而就在昨天，在他终于得知了事情全部原委的昨天，仿佛一切幻想全部湮灭。原本他以为通过私家侦探的努力可以帮他推翻手中那份检测报告的真实性；原本他以为自己什么大风大浪没有经历过，完全有能力承受得住最最惨痛的结局。然而当私家侦探一字一顿地将这二十多年的真相一一摆在他眼前时，这个自认为已经看破一切的男人，终于被生活的现实彻底击败！

那个被他抛弃的女人，那个和他从小一起在胡同里长大的女人，那个整整二十年没有与他相见的女人，那个他自认为对方无法生育所以选择与之离婚的女人……其实，她是可以生育的，从始至终她就不存在任何生育方面的问题。真正无法生育的人，是潘云富自己！

在他错误地认定自己没有任何问题，而是前妻身体出现问题时，Sally 的意外怀孕打消了潘云富碍于面子即将去医院体检的决定。换句话说，当年他与前妻离婚，与其说是亏欠不如说是找回了男人应有的尊严。

他从未怀疑过 Sally 会怀上别人的孩子，这不仅仅是因为他太过渴望拥有一个自己的孩子，更多的是他对自己充满信心。他很清楚，Sally 不可能再遇到一个和他一样能够给她创造如此显赫地位的男人，他坚信 Sally 不会傻到瞒着他去和别的男人偷情。

随着潘梦茹顶着一头弯弯卷卷的头发出生,潘云富仅存的那一点点疑虑也彻底打消了,因为女儿简直和他如出一辙,因为他自己就是天生的自然卷。

然而私家侦探给出的答案却是——尽管 Sally 当年确实没有和除潘云富之外的其他男性交往,可她却在精子库为自己挑选了一个她认为最适合的精子。

"有钱能使鬼推磨"这句话果然在任何国家都能行得通。当私家侦探按照潘云富的指示砸下重金后,他终于看到了当年 Sally 签署的那份保密协议。

上面清楚地写着她想匹配一位亚洲男性的精子。需要头发是卷曲的,中国人优先考虑,双眼皮,鼻梁高挺。

这是一场豪赌。在 Sally 妈的教唆下,原本刚刚离开校园的 Sally 竟然做出了这个连她自己都不清楚未来的决定。

Sally 妈赌潘云富会和自己的女儿结婚,Sally 妈赌潘云富不会看穿她们的把戏,Sally 妈赌她的女儿能够麻雀变凤凰,Sally 妈用自己的女儿赌她这一生可以和女儿一起不愁生计。

她赢了,她确确实实地赌赢了!至少在穆泽没有出现前,她赢得天衣无缝!

与其说是穆泽的出现打破了一切看似平衡的关系,倒不如说假如钟启发没有动那个歪念头,可能所有人都会看似幸福地过完本应属于他们的圆满一生。

潘梦茹会顺利毕业,董友文没准真能成为潘云富的接班人。也许兰芳会因此受伤,但这毕竟与潘家人没多大关系。

可是现在,一切都变了。

这不仅仅是一场商业之争,更像是逐渐演变成为几个家庭间的暗斗明争!

32

慈善家的悲哀

有时表面的光鲜和内心的煎熬

何其接近

"可是钟董，我们真的要放弃吗？"终于，有人率先提出质疑。

"我并不喜欢这个用词。"钟启发环顾四周，偌大的会议室顿时鸦雀无声。"我并没有放弃英国项目，而是决定推迟与他们之间的合作。尽管这个项目可以给我们带来不错的收益，可我们不能只顾眼前。现在正是树立企业形象的最佳时机，我们将大量资金注入国外并非明智之举。当务之急应该是注重拓展国内业务，急速积攒口碑，而不是不管不顾地赚快钱。"

"可是我们好不容易从他们那边抢来的项目……"那人虽在语气上软了许多，可他仍旧鼓足勇气、据理力争。

不等那人说完，钟启发不悦地将手一扬。"你这话又说错了。我们根本无须从潘云富手中抢什么。我们有自己的优势，两家企业公平竞争，我们胜出、他们惨败，何来抢夺？！"

钟启发的声音虽不尖锐，但压迫感十足。一时间，屋内众人顿感心跳骤停。钟启发明摆着是真生气了！

他们略带同情地看了一眼刚刚说话的男子，尽管他们都认为此人说的颇为在理。然而商场如战场。能有资格坐进这间会议室的人除了拥有极强的业务能力,都不乏拥有一个共性——他们都明白看准形势见风使舵才是屹立不倒的硬道理。

在这个节骨眼上,只有顺势而为才能免坐冷板凳。一想到近些天新诞生的那位"冷板凳先生",众人齐刷刷地将头转向董友文。与其说是嘲弄,不如说是怜悯。

尽管董友文在出门前特意将冒出的胡楂剃掉,换上了剪裁合体的高定西装,可不论他如何修饰,都掩盖不了眼窝凹陷处的颓唐。

最近很多人都在私下议论,假如董友文没有走出这一步,说不定他依旧是潘云富眼前的大红人,也极有可能已经带着他的骄傲把这个项目成功拿下。尽管他们从未把他当作是同一个战壕的战友,可当钟启发突然给董友文坐起冷板凳,这群人还是本能地替董友文感到一丝惋惜。

那个原本耀眼夺目的董友文,那个被众人称之为下一个钟启发或潘云富的行业接班人,那个一路披荆斩棘击败众多竞争对手的青年才俊——现如今却沦落成为一个只配坐在角落里,被钟启发冷落、被公司同事孤立、被曾经同事咒骂、被本已到手的项目抛弃的行业内的笑柄。

世事难料。没有人清楚董友文为什么会冒着极大风险突然投靠钟启发,正如同他们不晓得钟启发曾义正词严地承诺了董友文一笔数额巨大的红利。

"好了,今天的会议就先到这儿。接下来的时间,多做慈善,多捐国内学校,继续提升企业形象!"

众人听后,一股脑儿地点头叫好。

董友文是最后一个离开的。一个多月前还春风得意的他,此刻蔫得像是一个霜打的茄子。他不明白钟启发为什么要这般戏弄他,更不清楚自己究竟是在什么地方得罪了钟启发,难道钟启发把他从潘云富身边挖来,为的不是公司利益，而仅仅是一个愚弄人的拙劣想法？这不可能！这绝对不可能！董友文不愿相信自己的价值没有体现在业务水平上，而仅仅充当了两个死对头之间相互博弈不足挂齿的笑话。

这场因董友文而起的行业内议论声音巨大的"跳槽"事件，居然以潘云富的退出和钟启发的推迟合作落下帷幕。这样的结果，董友文接受不了，更理解不了。甚至有好多次，他都萌发出了轻生的念头。他突然好怀念当年主动给他提供钟启发一切动向的关丽娜。如果她在身边就好了，如果当年他看出了她对他的感情就好了……

"你真的决定了？"会议结束后，公司一位元老紧随钟启发走进董事长办公室。

"过段时间会有另一家公司接手这个项目。不以我们的名义签约，那个摇摆不定的小子就不可能从中得到一丝好处。"

元老听后，恍然大悟。"闹了半天，你是在放烟幕弹啊！当初我就觉得奇怪。这么好的一块肉，你怎么舍得给那个叫董友文的年轻人分去百分之十的利？老钟啊老钟，你还真是沉得住气。那天我们几人劝你不要冲动，你还硬是摆出架势死活不听，我们都在为你的一意孤行担忧公司会因此损失多少利益。想不到你居然半点风声不透，早就盘算好了今天这步棋。你呀你，果然是只老狐狸！"

钟启发听后哈哈大笑，欣然接受"老狐狸"这个称谓。"既然是玩游戏，当然要玩得逼真一点。董友文根本怨不得我无情，谁让当初他选择了潘云富而不是咱们这里？很多时候我们以为自己能有很多次决定命运的机会，但其实决定命运的时刻只有一次，往往仅此一次而已！当年他没有选择我，所以这次我不会保佑他。好了，老万。都是些小人物，何必在意。"

万先生离开后，顶替关丽娜的新秘书小王拿着几份合同走进董事长办公室。

他虽年长关丽娜几岁,可不论办事风格还是性格脾气都和关丽娜有着极大差异。先前关丽娜在钟启发身边做事,属于只办事、不多嘴。而这个三十岁出头的小王,却总是向钟启发提出各种问题。

"钟董,这些文件需要您签一下字。"小王将几份合同一一翻到签字页面,毕恭毕敬地摊在钟启发眼前。待钟启发逐一签好字,他便又带着好奇向钟启发提出了一直困扰他许久的问题。"钟董,有个问题我一直想要请教您。"

钟启发见状,终于忍无可忍。"小王啊,我当初应聘你来我身边做事,只是需要你替我做事而已。怎么你三天两头的总能问出一些稀奇古怪的问题?"

"很抱歉,钟董,我并不是有意想要占用您的宝贵时间。只是我觉得身为您的秘书,有必要了解您的真实想法。就比如今天,您在会议上做出了这么突然的决定,说实话我当时和在场的大多数人一样,都有些震惊。我觉得既然要在您身边替您办好方方面面的事情,一些困扰我的问题就应该向您请教清楚,不然万一和其他部门对接时出现了偏差,这个责任我真的担待不起。"

小王言辞真切,看他有些紧张的样子,钟启发猜测一定是刚刚会议结束后他又被一些人质问责备了,毕竟每次都是小王出面替钟启发下传指令。

钟启发无奈地摇摇头,望向这个可怜虫。"说吧,今天又想问什么问题?"

"这次……"见钟启发的情绪还算稳定,小王终于抓准时机提出了这个困扰他无数个夜晚的问题。"钟董,我能理解您想要挖走董友文的原因,因为这样做会让潘董颜面无光。可是您为什么要寄给潘董那些照片呢?不论他有没有儿子,从理论上讲都左右不了两家公司现存的竞争模式。更何况……"说到此处,秘书欲言又止。

"不要紧,说下去。"

"更何况假如那个男孩真的是潘董的儿子,那您岂不是又多了一位竞争对手？我是说，如果潘董决定让他成为接班人，那您又何必帮助潘董找到这个儿子？据我所知，潘董这些年一直在为寻找合适的接班人发愁。您这么做，不正好是助了他一臂之力？"

"说完了？"钟启发略带玩味地看向小王。

"说完了！"小王依旧笔直站立。

"这就是你口中困扰你的问题？"

"是的，这就是这段时间一直困扰我的问题。尽管我知道自己并没有权利过问您的决定，但是身为公司的一分子，我觉得自己有责任保护公司不被敌对方惦记。我担心您这样做，会对咱们自己不利。"

冒着被老板骂的风险，秘书小王还是壮着胆子提出了他认为极有必要的、维护公司利益的想法。他没有资格指责老板做得是对是错，可是以他的性格他不希望自己将大好青春浪费在一家时常给自己下套、树敌的企业消耗光阴。

"小王啊，你今年多大了？"沉默片刻，钟启发突然问出这样一个问题。

秘书先是一愣，随即回答："年底刚好33岁。"

"还没成家吧？"

"还没。"

"嗯，那也难怪你理解不了。你还年轻，自然体会不出这之中的奥秘。"钟启发指了指靠墙的沙发，示意小王先坐下。"你知道我们这个年纪的男人最怕什么吗？"

面对钟启发抛出的问题，秘书再次愣住。他想了想，缓缓开口。"怕……失去地位？失去用大半辈子积攒下的财富？"

"对，但也不全对。"钟启发摇摇头，示意秘书继续说下去。

"我真的想不到，还望您赐教！"

"小王啊，假如你能设身处地地换位思考，就不难发现这其中的利害关系。如今我和潘云富，该有的都有了。我们都很清楚，只要避免出现太大的失误，你刚刚所说的金钱和地位就都不会失去。不论是英国的项目还是其他地方的项目，我和他谁赢谁输都无伤大雅。真正能够戳中我们并足以使我们一蹶不振的，不是别的，而是后宫失火。一旦潘云富知晓了自己很有可能拥有一个足以接班的儿子，他就会忽视对现有家庭的关注度。但凡他的夫人察觉出了一些端倪，便是潘云富噩梦的开始。潘云富自然希望公司运转得越来越好，他自然希望能有一个流淌着他血脉的继承人，可是这些却不见得是潘夫人所希望的。潘夫人希望的是什么？她希望的只是不要有人出来霸占原本属于她和她女儿的利益。也就是说，从潘云富看到那张照片起，我就已经在他们家安上了一颗不定时炸弹。如果那个男孩当真是他儿子，潘夫人必定会和潘云富还有这个男孩大闹一场、争夺家产。倘若这个男孩不是，效果也不会差到哪里去。只要潘夫人心存猜忌，潘云富接下来的日子就如同犯人一般时时刻刻会被家中的女人监视。等到那时，不用我耗费一兵一卒，潘云富早晚被他夫人活活耗死！这就是大家族之间的真实婚姻关系！怎么样？现在你明白为什么我要寄出那些照片了吧？"

听完钟启发的解释，秘书早已惊得一身冷汗。他张着大嘴，半天说不出一个字。

"怎么样，小王？现在你对婚姻还会像先前那般憧憬吗？"不等秘书开口，钟启发目光狡黠地神秘一笑。"好了，小王，去把电视打开。刚才跟你说了半天话，午间新闻都快要播完了。"

对于钟启发来讲，每天的午间新闻是他获取信息的一个重要平台，尽管真正决定他成败的并非新闻中的动向而是他本人的判断。

电视屏幕刚一打开，钟启发便看到一个熟悉的身影。这个人他并不陌生，正是潘云富的律师——张律师。

张律师神情严肃地站在楼梯上，周围围满了面露惊讶的记者。

"您刚刚说的是真的吗？"

"这个决定打算什么时候开始实施？"

"潘董的家人全都同意吗？"

一时间，无数个问题一气呵成地抛撒出来。镜头下的张律师仍旧面无表情，而钟启发却已经示意秘书赶紧将事情的原委全部查清！

"是的，我刚才宣布的消息准确无误。明天上午8点，正式实行！"说完，张律师转身便走，留下一群记者站在原地面面相觑。

过了将近十来分钟，秘书再次走进董事长办公室。

"来，小王，快说。潘云富让律师宣布了什么事情？为什么会上新闻？"钟启发迫不及待地想要知道潘云富在败给自己后，会如何开展下一步动作。

"就我刚刚查到的来看，张律师替潘董宣布，潘董将于明早8点钟，将自己名下95%的资产全部用于支持慈善事业，仅给家人留5%用于正常开支。"

"什么？！几乎全部用于做慈善？！"一向沉着冷静的钟启发听到这样的结果后险些没从椅子上掉下来。"他老婆能同意吗？！他不给他女儿留下这笔钱吗？！难道他真的是老糊涂了吗？！他这次又想玩什么新把戏？！我刚刚才在会上宣布咱们这几年要重视做慈善，要快速提升企业形象，他这边怎么这么快就下达了相同的旨意？！是不是咱们中间有内鬼？！你快去帮我查查到底是谁走漏了风声！不就是输了个英国项目吗，犯得着用全部身家扳我一局？！"

"张律师刚刚解释过了。他说潘董希望能在有生之年也为社会多做点贡献，另外他希望他的孩子可以靠自身的努力生活，不应该坐享其成肆意挥霍潘董积攒下的积蓄。他希望他的孩子可以成为一个对社会有用的人，而不是因为从小在相对富裕的家庭长大就丧失了奋斗的能力。"

"这都是些什么鬼话？！就算他不认儿子，难道女儿也不管了吗？！"钟启发用力捶打桌面，不住摇头。嘴里一直喃喃自语。"疯了！疯了！绝对是真疯了！"

不出所料，第二天一早全部头版头条非潘云富莫属。只不过这一次，他的名字后面不再是"富豪"，而是"第一慈善家"。为此，潘氏集团旗下的食品、电子产品、旅游项目等一系列与老百姓生活息息相关的产业瞬间成为全国人民追捧的焦点。

大家都自发地在朋友圈转发"支持潘氏企业！支持这个爱国的企业家！"一时间潘氏企业的股票噌噌上涨。这个意料之外的喜讯瞬间沸腾了潘氏企业的所有员工，同时也彻底寒了钟启发的心。

"没想到他居然舍得下血本跟我来这么一手！"钟启发将报纸扯得粉碎，大骂潘云富的虚伪。

然而钟启发不清楚的是，在潘家别墅的书房中，潘云富面如死灰地呆坐于书桌前。

所有的赞誉，所有的金钱，所有的一切，对于这个终于了解真相的老人来说都变得不足挂齿。他可以接受员工的背叛，可以接受生意的亏损，可他无法接受自己养育了二十年的女儿居然不是自己的亲生骨肉！他不想再看到Sally，更不知道如何面对他一直独宠的爱女。他还是深爱她的，可是这个凄惨的老人在得知真相后仿佛被命运扼住了咽喉。他想要告诉潘梦茹他爱她，他真的爱她。然而，他也真的再无勇气面对她。

与此同时，一楼的卧房内也有两个女人即将抵达崩溃边缘。

那个原本打扮得光鲜亮丽的女人，此刻早已失了神采。她因彻夜未眠熬黑了眼圈，因极度不解哭红了双眼。而她身旁那个骨瘦如柴坐在轮椅上的女人，则两眼发直双手乱颤。

"不可能！绝对不可能！他没有权利这么做！你们是夫妻，这是你们的共同财产！他没有权利这么做！我们要找律师，我们需要维护我们的财产！"

"够了！够了！求求你别再说了！"Sally用双手捂住耳朵，拼命摇头。"求求你不要再说了，难道我们不应该接受这样的惩罚吗？是我们先欺骗他的，是我们有错在先的！"

"住嘴！我看你是被他吓住了！你怎么变得这么无能？！变得这么软弱？！是不是你说漏嘴了？！是不是你那可恶的良心出卖了本应属于我们的一切的？！"

"不是我！不是我！不是我！我不清楚他是怎么知道的，但是我们签过协议，几年前就签过。"

"什么协议？我怎么不知道？你和他签了什么协议？"老太太用力捶着轮椅扶手，这一次她真的用尽全力。

"你不要再逼我了。总之他有权处理这笔钱，总之我们没有任何权利去控制他的钱！"

"不可能！不可能！我不相信！你不要骗我！你有权利！你必须有这个权利！"

"认命吧，妈妈！认命吧！"终于，Sally歇斯底里的叫喊声止住了母亲用尽全力的反击。"这么多年了，曾经的我一直以为自己只是你想要过上好生活的筹码，可是这些年他待我不薄，他真的待我不薄。每当我看到他宠爱梦茹的样子，我就后悔自己当初的决定。当初我就不应该听你的！我不应该去精子库，我就应该真真正正地替他生一个孩子，生一个属于我们的孩子！他是一个好父亲,他真的是一个好父亲!所以那天,当着张律师的面,我主动提出后半生只想好好陪在他身边,我不需要他的钱。不管是冲动也好,还是那天我真的动了真情,总之我欠他的。不光是我,你也欠他的!所以他怎么对待我们都不过分,这是我们应受的惩罚!只是这一切,苦了梦茹,苦了我可怜的孩子……"

"废物!没用的废物!你居然对他产生了感情!这下好了,这下你看到了!当一个女人对一个男人动了真情后,她就会被他愚弄到要多惨有多惨!他就是利用了你对他的感情,才瞒着我们直接发了那份声明!完了!这下全完了!这么多年我都没有走错,居然败在了你这里!你真是让我大失所望!你快给我滚出去!"

Sally无力地转过身,没有再看母亲。

其实她并没有和潘云富签署过任何协议,只是良心告诉她,这一次她不能再任由母亲胡作非为。

从出生到现在,这四十多年来Sally不是没有想过反抗母亲。说她愚孝也好,本能地依赖母亲也罢。总之,对于这个在很小的时候就离开父亲,并在母亲的陪伴下习惯于在不同叔叔中间周旋的小女孩来说,她几乎从未尝试自己做过决定。她本能地习惯于听从妈妈的安排,因为她害怕假如自己惹恼了妈妈,妈妈便会像离开爸爸时那样无情地也将她抛下。要真是那样,她便彻底无家可归了!

然而这一次,她不想再唯唯诺诺地继续按照母亲为她定制的剧本生活。Sally想要突破底线,突破那道本就不健康的底线!

现在的她,仿佛觉得自己一下子轻松很多。好似自己正走在美国的校园里,穿梭在拉斯维加斯的赌场牌桌前。她又变回了那个身无分文的小女孩。只是这一次,她不再对未来充满恐惧!这一次,她终于摆脱束缚,真正实现了选择自主人生的权利!

27 慈善家的悲哀

33

昨日重现

雨还在下,那些既没带伞又不赶时间的行人正陆续走进街两侧的门店。店员们没有像往日那样热情迎客,这倒让进店避雨的路人看起来略显坦荡些。

面包店已被人挤满,兰芳只好小跑两步奔向下一家店面。当她推开"取舍书店"大门时,穆泽也刚好发送出他登机前的最后一条消息。

兰芳甩甩头发,环顾四周。这里变化很大。留声机搬走了,音乐风格变了,整架的言情小说顶替了曾经她和董友文视作珍宝的原版诗集。再看看店名,她想,应该是换老板了。

"戴茜的公司收了我的词,据说现在挺火,歌名叫做《可笑至极的爱情》,有空你可以听一听。我得到了不错的作词费,这笔钱应该够我在国外用一阵子。你最近过得还好吗?说真的,自从经历了那件事,我看待生活的眼光都发生了巨大改变。我不再确定自己选择现在离开究竟还是不是为了心中那个和蜡烛有关的梦。也许是,又或许我只是想要借此逃避这里。"

放下手机,兰芳迷茫地看着周遭一切。"我为什么要来这儿?是为了寻找和友文曾经的美好吗?"自从她前阵子独自飞往澳门,这两个问题就一直困扰着她。

不经意的抬头,她看到墙壁上粘贴的一张张新书海报。这些与家庭、婚姻、爱情相关的题材似乎在任何时代都不会过时。人们渴望拥有完美无瑕的爱情,却又时常抱怨平淡乏味的婚姻。人们清楚应该洁身自好,却又偏偏忍不住想去寻求刺激。直到猜忌、欺骗、怨恨、背叛替婚姻润了色,夫妻双方才意识到彼此都玩过了火。他们试图用泪水和哀求修补,但最终大多无疾而终。

可即便如此,即便那些小说写得叫人悲痛欲绝,读者还是单纯地认定自己的婚姻一定经得起时间考验。就像那两个站在离兰芳不到一米远的朝气蓬勃的姑娘,她们正饶有兴致地翻看一本在海报中展示过的书。她们似乎想要通过书名窥探出书中那些她们未曾体验过的生活。兰芳可以感觉出,她们渴望得到爱情,渴望拥有婚姻,更幻想着将来能够遇到全天下最优秀的伴侣。

"我们去许愿墙写下心愿吧!"其中一个姑娘充满期待地提议。

兰芳漫无目的地跟在她们身后,不知不觉间已经走到那片她和友文曾经涉足的区域。尽管这里的一切都发生了改变,但至少这面墙保住了。墙上依旧花花绿绿,贴满了充满寄托和向往的便签纸。和那两个姑娘一样,曾经在这面墙上出现过的文字也曾令兰芳和董友文深信不疑。

兰芳的眼神从迷离到笃定再到左右搜寻。终于,她的目光锁定了一张白色便签纸。

"你好好上课,好好追求自己热爱的一切。等你毕业后,我们就结婚。我会养你,会让你过上衣食无忧的生活。到了那时,你便可以毫无顾忌地追求诗和远方。而我,则负责给你提供面包和爱情。"

多么熟悉的字体,多么清晰的记忆。兰芳目不转睛地看着那些险些被遮盖住的字迹,直至眼睛发酸、泪流不止。

往事如同过电影一样在她眼前不停闪现。她感觉自己又穿上了那件红色连衣裙，感觉自己又重新走进了诗歌会的教室……

她就这样呆呆地面墙而立，那些她先前试图遗忘的，又再一次被重新唤醒。

终于，她下定决心，替自己做了决定！

就在她转身的一瞬，一个熟悉的轮廓出现在她身前。她试图用力将眼泪逝去，努力保持清醒。可无论她如何费尽心力，夺眶而出的泪水仍旧无穷无尽。

"重新认识一次，好吗？"那人缓缓张开双臂，语气温柔无比。

"好！好！"兰芳的声音开始颤抖，泪水止不住地流。她仍旧看不清那人的表情，可她再也不想等下去。她跌跌撞撞地上前几步，将那人狠狠搂进怀里。她想清楚了，这一次格外笃定。她再也不要让他离开自己，再也不要让彼此伤心！兰芳用尽全力，恨不得将那人揉进她的身体里。那种感觉很飘渺，她似乎不是在拥抱那人的身体，而是拼尽所有环抱一片随时可能消散的云。她将手臂缩紧、再缩紧。剧烈的疼痛似乎预示着她终于与那人合二为一！

直至过了很久很久，兰芳才逐渐清醒。她缓缓松开僵硬的双手，终于释放了环抱自己身体的手臂！

图书在版编目(CIP)数据

秘密隐于深白色 / 姜丹迪著 . —重庆：重庆出版社，2021.7

ISBN 978-7-229-15437-0

Ⅰ.①秘… Ⅱ.①姜… Ⅲ.①长篇小说—中国—当代
Ⅳ.①I247.5

中国版本图书馆CIP数据核字(2020)第230690号

秘密隐于深白色
MIMI YINYU SHEN BAISE

姜丹迪 著

责任编辑　杨　帆
责任校对　何建云
装帧设计　邹雨初　杨　帆
插　　图　邹雨初

重庆出版集团 出版
重庆出版社

重庆市南岸区南滨路162号1幢　邮政编码：400061　http://www.cqph.com
重庆新金雅迪艺术印刷有限公司印制
重庆出版集团图书发行有限公司发行
E-MAIL:fxchu@cqph.com　邮购电话：023-61520646
全国新华书店经销

开本：889mm×1194mm　1/32　印张：8.625　字数：150千
2021年7月第1版　2021年7月第1次印刷
ISBN 978-7-229-15437-0
定价：53.80元

如有印装质量问题，请向本集团图书发行有限公司调换：023-61520678

版权所有　侵权必究

I love the way you love me.